U0919551

阿楚游天下

阿楚　著

图书在版编目（CIP）数据

阿楚游天下 / 阿楚著. —北京：企业管理出版社，2013.9

ISBN 978-7-5164-0435-5

Ⅰ.①阿… Ⅱ.①阿… Ⅲ.①游记—作品集—中国—当代 Ⅳ.①I267.4

中国版本图书馆CIP数据核字（2013）第172334号

书　　名：阿楚游天下
作　　者：阿　楚
责任编辑：宋可力
书　　号：ISBN 978-7-5164-0435-5
出版发行：企业管理出版社
地　　址：北京市海淀区紫竹院南路17号　邮编：100048
网　　址：http://www.emph.cn
电　　话：编辑部（010）68701408　发行部（010）68701638
电子信箱：80147@sina.com　zbs@emph.cn
印　　刷：北京博艺印刷包装有限公司
经　　销：新华书店
规　　格：710mm×1000mm　1/16　15.5 印张　195 千字
版　　次：2013年10月第1版　2013年10月第1次印刷
定　　价：39.90元

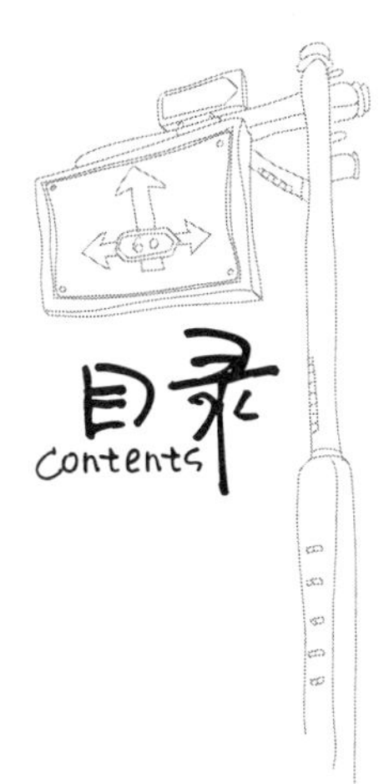
目录
contents

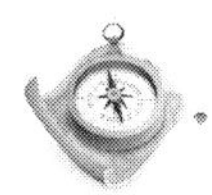

厦门游记

越王山攀岩、探秘记——广东紫金越王山游记节

在梧州怀旧，在封开穿梭——广西梧州、广东封开游记

没有驴子的黔东南

湘西沈从文故里——鲜艳的凤凰

那一道眼睛与嘴巴的盛宴——山西美食游记

不一样的选择，不一样的北京

上海、杭州、南浔——我的三个亲密友人

上海、杭州、南浔，均处长江三角洲，然而其风格的迥异，只让人觉得“百里不同天”——怀疑其DNA出错，去之前已经浏览过无数次图片了，正担心到了后会不会“见光死”呢？但真金是不怕红炉火的，当我与三地第一次亲密接触的时候，嘴里只有一个词：惊喜。

摩登得不能再摩登的上海、“烟柳画桥，风帘翠幕，参差十万人家”的杭州、“鸟啼花影里，人约粉墙头”的南浔，是怎样的巧手，才塑出万般的好处，使我一介良民，生出“空空妙手”之念，偷得沪杭美景，裁作心之霓裳？

泡吧，上海，世俗，美艳

上海，上海，少读张爱玲，心向往的地方。徘徊在深秋的衡山路街头，迎着冷风，钻进某间酒吧里，灵魂在似有还无的酒精、迷幻的音乐、暧昧的灯光中得到暂时的安顿。上海的夜晚是躁动的，荡漾着一种不安于室的暗涌，于是直踩新天地，买一杯哈根达斯，寒风中坐在酒吧门前露天座位上，细品手中的哈根达斯冰淇淋。

新天地这个旧瓶（一式石库门房子）里装的新酒（各式酒吧、

咖啡厅、电影院）似乎不怎么对我的口味，希望越大失望越大乎？无暇深究，索性去城隍庙游玩。

城隍庙的景色带着浓浓的民俗味，令我着迷。熙熙攘攘的人群，各式小吃摊子，我是在逛庙会吗？如果我有丰子恺先生的笔触，早已用狼毫小笔把它录诸笔端。

梨膏糖、茴香豆、檀香扇，捧在手里是一种俗世的温暖。更世俗的是那淮海路，一眼望去，法国梧桐下黄色的灯光，是怎样的柔美啊！至今我身上仍有不少行头置于此处。

上海有着其他城市无以伦比的美艳与小资，似乎也没什么了不得的好，离了她，我还真不由得会想念。

寻根，杭州，清灵，婉约

有道是："钱塘自古繁华"。我至今不忘族谱上写的南宋时迁自浙江钱塘大庆里。杭州，在我，是有别样意义的。

那么，就让我寻一把根吧。在西湖东面的巷子里穿梭来去，打了地名办无数的电话，拿着一张杭州地图作地毯式搜索，终于找到了。然而，当然是意料中的物是人非。那条小巷，住着寻常人家，据说曾为日军屯兵所用。历史，沧桑，凡此种种，在我的字典里是稍纵即逝的，且让我去西湖与"嬉嬉钓叟莲娃"同乐吧。

清风朗月下的平湖秋月，轻灵得让人像羽毛在飘；濡湿空气

西湖垂柳

下的苏堤，柳树是那么翠绿；柳浪闻莺处的茶座，夕阳在调皮地眨眼，噢，让我怎能不爱她！

白天的西湖清丽动人，晚上可是菱歌泛夜了。西湖南面有一列酒吧，偶尔闲着倒尚可一泡。

只是那条河坊街，让我怎么形容呢？满街都是南宋小吃、旧时面人、糖稀，堪比《清明上河图》的景致！

到杭州，不泡茶馆是可耻的。茶馆里，是怎样一种琳琅满目的小吃博物馆！赤橙黄绿青蓝紫，小盘子、小碗里盛着的是女生们从童年时起就无限膨胀的七彩馋梦，茶馆里的小吃之于杭州女孩来说是一种信仰。

西湖边河坊街手捏面猪猪

“山外青山楼外楼，西湖歌舞几时休”。到了杭州，不去楼外楼，岂非煞风景？楼外楼临窗的座位，近眺西湖美景，口呷龙井，啖着名噪天下的西湖醋鱼、醉鸡、东坡肉。食“色”兼收，是怎么样的齐人之福！

 瞎逛，南浔，铜臭，儒雅

擅享“齐人之福”的其实并非如我这般瞎嚷嚷的叶公好龙之

徒，那是南浔古镇的巨商富贾，有妻有妾自是不在话下的，观其旧居，精致、风雅依旧。

南浔的百间楼，在江面开阔处，清风徐来的午后，倒觉出江南小城鲜有的大气。据说百间楼以前是建给下人居住的，也算南浔人的大手笔吧。

张静江（江南丝商巨贾，曾资助过孙中山，孙中山称他为“革命圣人”）故居、小莲庄、藏书阁……无不透着恬静小城的文化底蕴。南浔就这样在最儒雅的氛围中展现着如浴火的凤凰涅槃般出入世的优美。

上海、杭州、南浔就像三个不同性格的女人。上海，妖艳野性，充满时代动感，喧嚣张狂却不乏文化底蕴，就像纯金配桃红，俗是俗到极点，艳是艳到极致，可你不觉村气，只觉耀眼得别致，这样的女人，怎能不是泡吧的良伴呢？杭州，端庄贤淑而又进退有度，让人亲近而放松，是适合终老的归依；南浔，低眉敛首地在那里宛转张望，目光一径追随着你，你看她时，她却娇羞地调过头去，只怯怯叫一声：“阿楚——”噢，这样的女人，怎能不让我轻怜蜜爱呢？那是我的闺中密友，心情闲适的周末或假日，我会与她共度良宵。噢，我的三个亲密友人，对她们，我真是——爱煞。

特别提示

1. 杭州西湖南面有一条南山路，在中央美术学院对面有一列酒吧，尚可一泡，音乐一般，但在杭州来说还算是俊男靓女的聚集地吧。

2. 楼外楼位于西湖北面岳坟附近，吃完后可买天竺筷做手信，筷子由纯竹子做成，花纹是烧出来的，没有色素，美观实用。但外卖的叫化鸡就建议别买了，太酥太烂，个人认为味道不过尔尔。

塞外约，枕畔诗，物我两忘烟水里
——北疆游记

北疆，地图上雄鸡的尾巴，层次分明而又绚丽地展翘着，她是在跟我捉迷藏吗？一直的一直，我想把她从雄鸡的尾巴上扯下来，装饰我梦中常踢的那个毽子，可是，她深谙欲擒故纵之术，在我神往已久的时候，才矜持地让我一亲香泽，这一亲，直令我神魂颠倒，不能自已。

塞外约，枕畔诗，物我两忘烟水里

乌鲁木齐是混乱而迷离的，除了送进嘴里必剥作响像嗑瓜子一样的无核白葡萄、浓得化不开的西域纯酸奶、七彩祥云一样的二道桥集市，其他的没有给我留下太深的印象，毕竟，我是追随梦中的毽子而去的。

“我要从南走到北，我还要从白走到黑”。新疆的黑夜，仿佛倏忽惊醒的午寐，你刚想捕捉她时，她却不见了，白天却无比的缠绵，延辗着不肯离去。

到达喀纳斯湖时，正好是那个新疆乍然惊醒的清晨，延挨着走上去，霎时间看到天下最美的“S”，是绿S。是的，绿，那种绿，带着丝丝凉意，凉到了骨子里，那不是一块碧玉，绝对不是，天下间像碧玉的湖水多了去了，喀纳斯湖绝非如此俗艳，她是冷艳的，

因为她的绿，是绿松石的绿，所有的女子到了这里，莫不想把她拽下来，挂在脖子上，做一块“S”形的绿松石吊坠，给白衬衣平添一抹异彩。

喀纳斯

我以为，这个“很美很美”的S，就是传说中的喀纳斯湖了。事实证明，这个S不过是喀纳斯湖流下来的一段水域，而喀纳斯湖的主体，是要坐园中的车子才能上去的。

略走一段，就看到一朵奶白的大蘑菇，还冒着烟，是爱丽斯漫游奇境中的布景吗？哈萨克族人的帐幕里面五彩斑斓，很有民族特色。

附近有一片白桦林，桦树倔强、笔直地生长着，金色的树叶在微风中簌簌轻舞，仿佛在渲染一种别样的秋思。

坐车七拐八拐一直北上，才看到喀纳斯湖的全貌，它温润通透，难怪成吉思汗西征花剌子模国的时候，路过此处，亦为此湖的风姿所折服。

喀纳斯湖附近聚居的多为图瓦族，属蒙古族的分支。帐子里不时传出民歌《新疆的英孜》，族人们扬鞭策马，真个是牛羊肥马儿壮，山歌荡远方，使人不由兴起塞外之约，想起枕畔之诗，直想追随萧峰和阿朱去了。

山间路，城里风，姹紫嫣红惊悚中

喀纳斯湖的美令人惊叹，然而旅行是短暂的，终于，我们在颠簸的山路中与喀纳斯湖渐行渐远。

我们离魔鬼城越来越近了。魔鬼城荒凉得仿佛真的住着魔鬼，一碧万里的天空下，没有一丝风，没有一个人影，甚至连一丝声音也没有。下午的新疆，酷热难当，看着这一座死一般寂静的魔鬼城，我们就像时光倒流400年的吸血僵尸，目瞪口呆地定格在那里，被风侵蚀得千沟万壑的魔鬼城，仿佛在嘲笑我们的怯懦与无知，仿佛在土堆的转角处，埋伏着身穿白色长袍的异物，只待我们走近，猛然擢取。

这时候，一阵微风吹过，魔鬼城中发出“呜呜”的声响，更添

魔鬼城

几分凄怆，天呐，难道这是一个不祥的地方， 一个恐怖的场所，我快步跑回车上。

北疆的景致如梦亦如幻。如果不是电脑里明明白白地存有这些照片，我竟以为这样梦幻般的美景是不存在的，一切皆出于我的臆想。喀纳斯湖辽阔而秀美，让我惊诧于她的多元与嬗变；魔鬼城雄壮而神秘，让我折服于她的大气与威严。新疆的旅程充满奇幻，是很好的玄幻小说场景。

特别提示

1. 喀纳斯长秋无夏，昼夜温差很大，夜晚气温就像深圳最冷的时候，即使盛夏赶至，仍须带足御寒衣物，此处不宜露营。喀纳斯景区内房价颇贵，可租住哈萨克人出租的大帐篷，与帐篷主人一家住在一起，确保安全且毡帐颇厚，足可御寒。偶至塞外，与牧人同住亦可体会当地民情，一般一个帐篷可容纳15个人，每人约收20元，主人可提供奶茶膳食，费用另计。

2. 魔鬼城干旱炎热，需带足食水，不宜久留。

3. 在乌鲁木齐可到二道桥购买英吉沙小刀、新疆小花帽，市场外有许多卖葡萄的，个人觉得无核、白的葡萄最是美味，脆且甜，比盛名在外的马奶子葡萄要好吃得多。西域春酸奶奶香浓郁，非别处可比，为必喝饮料。五一灯光夜市的烤全羊和羊杂碎汤也是不错的选择。

荡气回肠的南疆

喀什的绚丽、慕士塔格峰的雄奇、石头城的苍凉、库车的质朴，仿佛一阙时空交错的羌笛曲，其迂回处叫人荡气回肠。我的回忆，也像新疆的落日那样，缠绵往复，挥之不去。

西域风情

喝着新疆特有的西域春酸奶就到了喀什，是的，传说中的喀什，充满西域风情的喀什。街头，满目高鼻深目，七彩霓裳。我是置身中古的大月氏吗？目光所及，与“中土”大异其趣。

在喀什街上晃荡着，晃荡着，不觉就走近艾提尕尔清真寺，典型的伊斯兰教建筑，圆顶、白墙、宽大的门。我对寺庙不太感兴趣，还是看看民情吧。在艾提尕尔清真寺附近的小巷里转悠。附近都是维族人的民居，黄土垒就的墙，当时，日影西斜，太阳照在土墙上，地上画满了形状各异的影子，好一幅光与影的杰作。长得极

像巴基斯坦人的“小美女”们蹦了出来，好奇地看着我们。我看到，有的小姑娘两条眉毛连了起来！于是逗弄，她们眨着大眼睛害羞地躲开，边走边倚门回首，那种微笑，溶化了我的心。

烤馕

巷子里，有很多卖小吃的，有一种面肺，是把面灌进肺里，煮熟了，再一点点切下来吃，看着恐怖，吃起来倒蛮有特色。更好吃的是那馕坑肉，把五公分见方的肉用铁串串了，放在馕坑里，再用红柳来烤，烤出来的肉美味异常，有着红柳的清香、丰富的肉汁，只要2元钱，就吃得很饱了。

饱食终日，怎可无所事事？于是逛到大巴扎。巴扎里仿佛在开颜料铺，流光溢彩。我最爱逛卖小花帽的、卖地毯的、卖小刀的摊档，花帽丝绒做面，钉着珠花，买了一顶紫色的，戴在头上，再买几把英吉沙的小刀，做工很精美，手柄黄铜打造，还配皮套。那些器具，茶壶呀茶杯什么的，颇有巴基斯坦、阿富汗风情。

喀什这个城市，不光有异域风情，还相当地“革命”，至今维族人晚间最爱聚集的地方是中央的一个广场，有着大大的毛主席像。人们在那拍照，流连，附近还有个风景别致的小公园。

去到一个只有维族人才知道的鸽子店，吃玉米炖鸽子。鸽子是无比的鲜嫩。原来，这种飞禽来到喀什，幻化出此种美味。原来，西域也有精致的食物，并非只是大碗喝酒、大块吃肉。

石头城，笛声，哨所

同行的队友中有人想看《冰山上的来客》中的那个哨所，于是

包车去塔什库尔干，路途漫长而荒凉。八月，凉风扑面，而草色微黄，至少不是一碧万里的那种颜色。草间，探头探脑的是那土拨鼠，转着乌黑的大眼睛，机警地四处观望，一会儿，又偷偷地钻回土里去了。

路过慕士塔格峰，千年的冰舌从山顶延续下来。我在想，它在垂涎什么呢？是山下的湖泊？是草间的精灵？还是同行的美女？

塔什库尔干上的小城，盛夏，却仿如深圳的严冬，街上赶着马儿、牛车的人们，很多都长着一张欧洲脸，却穿着巴基斯坦式的长袍，一脸的坦然与幸福，好像赶的不是牛车而是开着奔驰一样。

县城边上就是石头城，那些斑驳的土城墙，散落的大大小小的石头，处处都是历史的遗痕。在城上远眺，是一望无边的绿草地，有亮晶晶似绸带的小河蜿蜒流淌，就在这时，我听到了笛声，悠扬而空远，那是传说中的羌笛吗？这里本来就没有杨柳，我也没有听到羌笛声有怨怼之意，倒是充满着平安喜乐，空阔辽远，大气而细腻。天空中盘旋着的鹰仿佛也听懂了，扑扇着的双翅慢了下来，迎风展开，优美地滑翔。

石头城

红旗拉普哨所是中国与巴基斯担接壤的边界，八月飞霜，清晨，我们赶到的时候，草上都是白色的小冰珠，空气是凛冽的非雾非雨非雪前所未见的游离状态，很荒凉的一块界碑，很凄清的一种景色。如果你不是《冰山上的来客》发烧友，还是不要来这里吧，劳民伤财，物非所值，到石头城止步就好了。

库车，千佛洞，博斯腾湖

坐汽车去库车，被昼夜温差折磨得心情恍惚，终于明白了什么叫“早穿棉袄午穿纱，围着火炉吃西瓜”。库车是古龟兹的所在地，看上去也就是一个很普通的小城，民俗风情还不如喀什浓厚，最搞笑的是那个所谓的龟兹古城，是在瓜地上的一堵土墙，真的，就是一堵墙，如果你不是历史发烧友，也请不要去吧，对着一堵土墙勉强想象它在历史上的盛况，说真的，也不太好玩。

库车周边的千佛洞之类的地方也并不值得游玩，曾经它是辉煌的，但是损毁得太厉害了，只好如实奉告。

转战巴音布鲁克草原，九曲十八弯上纵马飞驰，呼呼风声中，满眼的绿和美。

更美的是那博斯腾湖，芦苇岸，晓风残月；水鸟和落霞，枫叶与湖水，全都从明信片里跳了出来，活生生地展现在我的眼前。

博斯腾湖

南疆有高山、有湿地、有草原。市井的、民俗的、自然的……旅游资源总的来说是相当丰富，如果你没有去过，那么，还是走一遭吧，时空的交错里，灵魂会升腾；眼睛的盛宴中，心情会放松。

特别提示

新疆作息时间：北京时间7：00=北疆时间8：00=南疆时间9：00，太阳10：30左右才下山）。

看夕阳下的胡杨林，就要考虑住在轮南县城，或者在塔里木河边扎营。

库尔勒：

吃：最有名的当然要数库尔勒香梨，在兰干路可坐16路车去沙伊东，那里的香梨园里刚下树的一等品多的是，一块多钱一公斤。此外，无花果、罗布麻茶、甘草片和葡萄等，都是这里有名的特产。

塔里木乡路口有家有名的烤全羊店，烤羊出坑时很壮观，每公斤30元，电话：0996-4318256。

在市内游玩则可坐驴车、逛老城大巴扎。

喀什：

喀什老城、艾提尕尔清真寺、香妃墓、喀什大巴扎、苹果园。

周五前赶到喀什非常重要，因为周五的礼拜“主麻日”，人数可达五六千人，是非常盛大和有特色的！

1. 老城区艾提尕尔大清真寺。艾提尕尔清真寺（门票15元）是新疆最大的清真寺，也是全疆伊斯兰教的活动中心。做礼拜时不能进入，其余时间男女都允许进入参观，有管理员讲解；门票10元/人，的确是有后门可进去，可省门票。但一定要注意的是，这个后门一进去就直达经堂，游客进寺时要脱鞋。情侣不要牵手。如果想拍摄穆斯林礼拜的场面，一定要事先征得寺内阿訇（主持）的同意，而且不能站在朝拜人群的前方和侧面拍摄；最好在清晨七点之前赶到艾提尕尔广场，到广场右侧的商场楼顶上去选点拍摄。

星期五的礼拜是最盛大的礼拜，去看的话要早。下午四点人就开始散了。

艾提尕尔清真寺后有许多特色小吃。

2. 大巴扎也叫东巴扎，大巴扎应该在星期天13：00前后达到人

数最高峰吧。有卖狗的，卖维式壮阳药的，卖制馕工具的，卖农产品的，喀什的大巴扎，牛羊巴扎是最有意思的。还有骆驼，在郊区的一个乡里，还有一个专门停放驴车的停车场。

大巴扎旁边还有一个固定的大商场，专门卖丝巾、干果、工艺品的。那个是每天都有的。干果和刀具比乌市便宜挺多的，但丝巾就不一定。

3. 香妃墓是伊斯兰教白山派首领阿帕克霍加及其家族的墓地，在郊区，占地面积30亩。香妃是清乾隆皇帝的爱妃，本名买木热·艾孜姆，自幼体有异香，被称为“伊帕尔罕”（维语意为“香姑娘”）。她被清朝皇帝选为妃子，赐号“香妃”，因不服京城水土病故。民间传言清帝下令由124人抬运她的棺木，历时3年运尸回乡安葬。但据今人考证，她的陵墓就在河北清东陵，香妃墓仅仅是她的衣冠冢。

4. 玉素甫墓在教育路上。

5. 人民广场。有毛主席高举右手的雕塑，配上两侧的红旗阵，很威武！

6. 在老城里的菜巴扎路口，有一家烤肉摊子，烤肉味道不错；在温州大厦旁边的巷子里，进去大约50米，有家专门经营煨鸽子的小饭馆，值得尝鲜。

费用预算：

吃：新疆当地的饭食相当便宜，如果以节约为目的，一天20元都没有问题，想吃好一些，一天人均50元已经相当足够。

住：有单间有热水器的房间平均一间100元左右。

行：从深圳至乌鲁木齐可从西安或兰州转车，单程约900元，双程约1800多元。从乌鲁木齐坐火车至喀什约200多元，但车票难买，最好一到乌市即去火车站买票。

阳光、沙滩、栈桥——海南游记

海南省位于中国的最南端，物产丰富，风光明媚，著名的旅游点有三亚、五指山、天涯海角等，五指山附近有温泉，三亚附近有风光极美的蜈之洲岛，是一个既可乐山，亦可乐水的全方位旅游岛屿。

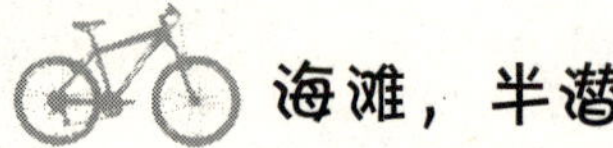

海滩，半潜

《麦兜的故事》中麦兜的理想是去“椰林树影，水清沙幼”的马尔代夫，我的理想与他近似，只是换成了就近的海南。

这次出行，非常幸运地，我的同伴是个很体贴和善的女子，她的名字叫傻傻猫。

很快，亚龙湾就到了，说实在的，亚龙湾虽然漂亮，可是天底下漂亮的海滩都大同小异，并没有震撼我几近审美疲劳的双眼。

这时，我们看到了潜水的广告牌，傻傻猫和我都决定试一下这个新鲜事物。于是来了个半潜。所谓半潜，就是戴上像太空人一样透明圆形重重的头盔，系上重重的铅块，战战兢兢地下到水里，耳朵顿时胀疼，赶紧捏住鼻子用嘴呼吸，漫步在海底，有一些珊瑚、还有热带鱼在身边游来游去，一切都像褪色的旧电影，我禁不住失望，怎么不像电视里看到的那样色彩斑斓、鲜艳夺目？

于是把希望寄托在下一站的行程。

栈桥，露营

三亚除了有亚龙湾，还有大东海，都是漂亮的沙滩，绵长的海岸线。

大东海的夜晚跟喀纳斯的迥异，灯火通明，凌晨两三点还有情侣相拥、亲吻，为不打扰鸳鸯，更为了避人耳目，我们进行二万五千里长征，绕道而行，终于找到了黑暗的处所，还有幸通过树枝的间隙窥见沙滩上轻狂的少年在奔走呼号。

大东海露营

在我看来，三亚最值得赏玩的既非亚龙湾，亦非大东海，而是蜈支洲岛，当初是一个军用小岛，后来开放了，坐上密封的快艇，在波峰浪谷间穿梭，恍如坐上海盗船，又恍如置身外太空。

蜈支洲岛拍岸浪花

岛上有伸到海里去的栈桥，伶仃而优美，忽然发现，这里真的很适合拍浪漫的电影：夕阳西下，断肠人在天涯，又或者，晚风轻拂，执子之手，白浪逐

沙滩。

不过这次把臂同游的是小女子傻傻猫，着实“委屈”了如斯美景，但与其同游亦有乐趣，我们玩起了跷跷板，玩累了，找个避风向阳的处所坐下来吃零食、聊天，像小时候常做的那样，漫无目的而又懒洋洋。

温泉，良友

海，看得够多了，下一站是五指山。五指山的附近有极好的温泉，只是很多人不知道罢了。

有温泉的所在，叫作七仙岭。辗转来到此处，却喜不虚此行。与傻傻猫两人要了鸳鸯池，池子约三米见方，椭圆形，池底石子铺就，上面冷热水管各一，围以竹篱笆，间以高大清香的尤加利树，篱外两三畦菜地，绿叶依旧笑春风。

滑进一池热汤里的刹那，温泉扑鼻的芬芳，我恍如吃了人参果的猪八戒，混身四万八千个毛孔都舒坦。

头枕池子，抬头望天，悠悠白云，在追逐撕扯，偶一回头，却发现池畔红烛印。是谁，哪个，何人，如此浪漫？在这样的鸟语花香下，秉烛夜泡，想必是一对真正的鸳鸯吧，良辰美景羡煞天，我和傻傻猫是只羡鸳鸯不羡仙。

在温泉的拥抱下，不知今夕何夕。过一阵子，坐在池边，晾一小会儿，再滑进去，重享温泉的温柔，泡完后，吃点儿西瓜、温泉泡熟的糖心鸡蛋，杨贵妃的“温泉水滑洗凝脂”、“侍儿扶起娇无力”的享受也不过如此吧？

海南的日日夜夜就这般在水气的氤氲中滑去了，然而在回忆的蒸腾中瞬间恍如永恒。我不想辜负这段如诗的旅途，只想对如画的风景、善良的同伴说一句：咱们高山流水，后会有期。

特别提示

1. 亚龙湾沙滩上有卖小玩艺的小木屋，椰子做的项链、手链等只要8元到10多元一条，有包装，比外面卖的更精致、更便宜。

2. 打算半潜或学潜水的朋友记得带泳衣，以免与潜水衣“贴身肉博”。

3. 七仙岭温泉可从五指山市出发，在公共汽车站坐到保亭的汽车，再在保亭乘坐摩托车前往，鸳鸯池每小时25元。

苏州、乌镇——低花树映小红楼，晚来弄水碧莲舟

笼着淡淡寒烟的苏州城，在我的记忆中，总是如梦亦如幻，浮浮沉沉，虽不常记起，可是一刻不曾忘却。周边的乌镇、甪直、西山、太湖，就如伴月的星星，亦常在漆黑的夜空微笑闪烁。

留连十全街，梦会奇女子

园林小景

苏州，温柔乡，脂粉地，就连带城桥边的垂柳，仿佛也在轻吟着浓词艳赋，一派歌舞升平的美景。

我是南方人，从骨子里偏爱南方城市的世俗与柔媚，尤其是十全街。

十全街的风月为苏州之冠，一式的仿古建筑，不一样的酒吧、旗袍店、古玩店，逛在街上，连迎面的春风都变得那么小资。

“西街往事”镂空的青

砖、“盛世佳人”的拉丁音乐、“好莱坞”汹涌的人潮，都在诉说着盛世安好。而我，像一缕游魂飘荡在其中，捕捉着空气中暧昧的温暖气息，期待着与某朝某代色艺双全的某位名伎通灵。

名伎们闲时也会在“画栏风摆竹横斜”的园子里观鱼、下棋的吧？网狮园、拙政园、耦园……精致的细节、人造的甜腻景观，多么适合云鬓罗裙金步摇的女子在此对月吟诗、描龙绣凤、梵香抚琴啊！

邂逅苏州菜，狂爱烧海螺

有别于十全街的悠闲，观前街是热闹而摩登的，遍布老字号食肆，诸如得月楼、松鹤楼之类，可是老派苏菜无一例外的多油、多糖、少盐，连我这个酷爱上海菜、杭州菜、淮扬菜的广东人都受不了这种甜烂的口味，老字号酒楼终日门庭若市，一道龙井虾仁卖90元，但却不是新鲜虾剥出来的虾仁，这里的酒楼没有设池养海鲜的习惯。

倒是一家新派川菜馆名唤川福楼的，菜做得相当有特色，一道生菜包肉松（这个似乎不是地道川菜，可是也顾不得那么多，好吃就行），一道小锅牛肉，推陈出新，美味异常，还有自磨的豆浆，大家都好喜欢。

在当地结识的苏州人似乎也受不了苏州菜的甜腻，大家相约了去十全街和带城桥街交界的天府之乐吃川菜，最爱那里的水煮鱼和泡椒凤爪。

其实新派的苏州菜还是蛮好吃的，它们有的做了一些必要的改良，没有那么甜了。十全街西头的一家酒楼做的螺蛳塞肉、太湖白鱼就很精致，凤凰街上一家叫万家灯火的店做的菜也很好吃。

中式菜倒还罢了，我个人认为最可圈可点的是苏州的西餐。新加坡工业园区内嘉怡苑楼下一列西餐厅，其中有一家做的比萨松软

香浓，芝士味扑鼻而来，几得意菜精髓。

工业园区内多是欧美的厂，住的也多是西方人，有的是欧西风情，新区是日本人与台湾人居多，那里的日本餐厅与酒馆就成行成市了，最喜日本菜里的清酒煮螺，巴掌大的海螺，从螺掩处浇上清酒，下面小火煨着，一室温暖的醇香，又美味又有风情。

泛舟太湖上

风和日丽的时节，酒足饭饱后，是无法不让人兴起泛舟太湖的兴致的。从苏州驱车一两个小时便到太湖，烟波浩渺，爬上西山，就着凉风，边吃冰淇淋边观太湖日落，怎能不赞叹范大夫携美同游的艳福呢？芦花荡里泛棹放歌，惊起一滩鸥鹭的意趣，时至今日，仍是我们孜孜以求的吧？范蠡，诚小资之鼻祖也。

太湖的美是浩浩荡荡、茫无际涯的，虽然也是温香软玉在怀的样子，而乌镇的美，才真的是小家碧玉的那块玉，倚红偎翠的那点翠。

那里的青石板路，穿了木屐踏上去得得作响；爬满青藤的小桥，盛载着无数才子佳人的故事；贯穿全镇的水道，婉蜒着无以名状的忧伤。

有一种氛围叫怀旧，在这小镇的上空盘旋萦绕，挥之不去。在木结构的茶馆里，临窗而坐，看着外面舟楫来去，温上一壶黄酒，叫上一碟油爆虾、霉干菜烧肉，再摆弄一回刚淘到的蓝底白花布做的竹底凉鞋，忽然就会幻化成民国初梳大辫子的少女，

提着一篮咸鸭蛋沿街叫卖，或许哪一天，就会跟穿长衫梳分头的某才子撞个满怀吧？

江南水乡的风月，是天上弯弯的娥眉月，透着淡淡的精致，也是有着含蓄退让的意思。而那种女性的柔媚，是渗到了骨子里，满街满巷的吴侬软语，又嗲又甜，仿佛每个说话的人嘴里都含着一口糯米饭，张也张不开，合也合不拢，连珠妙语就在这温柔的撕扯中吐了出来。

特别提示

1. 观太湖最出名处虽是无锡的鼋头渚，苏州西面的太湖仍是有其可看性的，从苏州包的士去太湖、西山一天约300元。当地加工的脆李清新爽口，价钱便宜，是值得购买的特产。

2. 乌镇是茅盾的故乡。镇里有酿酒作坊和染坊，建议买些蓝底白花土布衣裙、手袋、鞋子回去。

帆影荻花，蓝天碧海——东山村到过店骑单车之旅

东山村至过店一线是深圳东面沿海的海岸线，沿线海水澄碧，修有宽阔平坦的水泥路，且路上机动车很少，是踩单车踏青郊游兼赏海的绝佳路线。

东山村——桔钓沙——杨梅坑——过店，单程约为8公里，往返约16公里。

 好难安排的单车

那是个风和日丽的好日子，我们一行坐着大巴出发，沿路买了许多方便面、高山娃娃菜（缩水大白菜，我戏称其为大白菜宝宝）、西红柿、切碎了的鸡肉，众人的背囊塞得满满的。

到了东山村一户农家，领队叫我们去挑单车，我一看，怎么全是双人的？我向往中的踩单车是自己踩着一辆单车，戴着MP3，边悠哉游哉地踩，边自由自在地东张西望，想快就快，想慢就慢，想停就停。

没奈何，试试自己踩一辆吧，可惜双人单车比单人的难控制多了，技不如人的我只好放弃。碰巧这次来的女孩居多，很多都是不会在车头带人、只能坐在后座

的，唉！扰攘一番，终于可以出发了。

帆影荻花，蓝天碧海

微风轻拂，踩着踩着，眼前豁然开朗。路的右边是葱茏的小山，左边是一望无际的大海，其时天气尚寒，靠海的地方长满了白花花的芦苇，很小资地随风摇摆着，似在诉说着不为人知的少女心事。蓦地，“枫叶荻花秋瑟瑟”的句子涌了上来，可惜这里不是浔阳江，并没有火红的枫叶，南国的深秋依然满眼翠绿，一点都没有瑟瑟萧索的景象，只有那摇曳的芦苇，依然在“沙沙”地交头接耳。

车子转了个弯，来到一个天然的良港，那里的海水平静得没有一丝涟漪，白帆片片，原来这里还是一个游艇协会的基地，一艘艘游艇优雅地停泊在岸边，片片白帆点缀在蓝天碧海间，煞是好看，我们都盼望着自己能拥有这么一艘帆船呢。

割腥啖膻，游戏人生

一路上，踩踩停停，很快就到了终点站——过店。过店是一个浪漫温馨的沙滩，是深弯进去的，间杂长着一些木麻黄，在早晨阳光的照耀下，疏影横斜，显得格外静谧。

我们分工合作，一部分人砌临时的炉子，一些人负责拾柴，还有一些人去洗大白菜宝宝、西红柿和鸡。炉子很快生起来了，柴也拾够了，煮面的当儿，我们在那儿交流带来的食物，真是五花八门。我带了提子、卤水鸭掌和煎荷包蛋，还有保温瓶装的热奶茶，被队友们取笑超级腐败。

面终于煮好了，一时众人如饿虎抢食般，无数双筷子一起伸向面锅，不知是不是贪新鲜的缘故，我发现在野外吃的大白菜番茄

鸡面特别鲜美，连最讨厌吃速食面的我也连尽两大碗，也许自然就是美吧。

吃完之后最想做的一件事——当然是睡觉啦。这不，已经有队友在那里拉起吊床了。晃在吊床上看海，真是舒坦啊！

队友中一位长得像韩红的女孩可不甘于安逸，她提议做游戏。在她如簧之舌的鼓动下，人们很快聚集了一圈。游戏简单而刺激，围成一圈的人成双站好，中间一人是令官，令官可按自己的喜好发号施令，如：要求众人背向圆心坐下，或是趴在地上等最不利于奔跑的姿势，然后，突然说："开始！"众人就要离开原地跟任意一人组合在一起，落单的人要充当令官，表演节目后才可发号施令。

听起来好像很好完成的样子，但匆忙中很容易有人落单，跌跌撞撞找伙伴的过程中更是狼狈不堪，圈子里笑翻了。还好，我只被抓出来过一次，跳了个新疆舞算是"交差"。领队被抓出来的时候就没那么幸运了，众人一意刁难，要他来个绝的，他就真露了一手绝活，学瘸子走路，还学得挺像的，空气中顿时充满了快乐的气氛。

玩罢，大家各自散去，我猛然间发现吊床居然空着，此时不抢，更待何时？我舒服地往上面一躺，满目青山绿水，耳边MP3开着，好不惬意。

队友们可不是个个像我这样贪图享受的，早有勤快的生炉子煮咖啡去了，呷着香醇的咖啡，我想，有生之年，我都无法忘记这段充满荻花帆影的单车之旅。

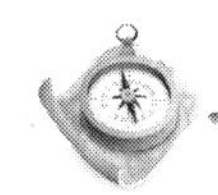

特别提示

出东山村后往南走的第一个拐弯夹角小，弯度突变，两边有高度差，骑至此处时要特别注意安全。

东山村有的农家有少量的单人单车，基本上都是双人的，骑车技术不好的人最好找好搭档，双人车比单人车难骑，骑单人单车可独自上路的不一定驾驭得了双人单车。

停放单车的时候不要把单车放在海中的小沙洲上，下午会涨潮，会淹没来路，把单车泡在海水里。最好把车停放在沙滩靠里的木麻黄树下。

非典型阳朔，非周末行程——阳朔游记

阳朔虽为深圳的后花园，然而其景致委实是令人惊艳的。微雨纷飞的初春，沿街店铺的木门板纷纷“咿呀”，西街的清晨刚刚苏醒，濡湿的空气中蕴着漓江的腥甜，整个小城恍如酣睡乍醒的少女，带着躁动的前兆，难道乍暖还寒时候，最难将息？

负箧上龙脊，戴月荷锄归

距离产生美，哪怕是人为的距离。刚到阳朔便把阳朔摆上神坛，一如那可望而不可即的诱人胴体，负箧上龙脊。

揽月阁的吊脚楼孤悬在山顶上，四周是沉默的大山，也许是害怕孤独吧，我们那么多人扰攘着的时候，倒觉得她有那么几分欣喜。

趁着日落前的好时光，丈量揽月阁附近的梯田，田埂是窄如巴掌，方知什么叫物尽其用。稻田散发着收割后的清新气息，乐天知命地默默给予，一层一层地从山脚沄染上山顶，默念着代代相传的耕种故事。

转千山，低绮户，照无眠。日暮的揽月阁藉着农家米酒的清香无限喧腾，壮式吊脚楼里立马上演时尚派队。

年轻的身体里蕴藏的活力是惊人的，即便是睡得那么少，瞌睡

虫在这里仍没有市场，天色熹微，不远处的原生态古壮寨在向我们召唤。

正月里，古壮寨家家户户在打油茶，黄狗村前寨后摇尾轻吠，好一幅民俗风情图。

壮家吊脚楼的火塘边，主妇正忙着做油菜：往热锅里舀了两大勺猪油，化开后，撒上花生、黄豆、盐，俟熟，注水，水开后落茶叶，即成。捧着热乎乎的油茶碗，听着楼下牛吃草时发出的哞叫，想象着老农头顶莲叶戴月荷锄归的景象。

揽月下湿径，西街瞅美女

揽月阁山脚下的石头竟湿滑得像在故意捉弄我们，石缝里不时冒出调皮的泥浆，我真想告诉她：这个游戏不好玩！

山脚下清浅的小河里，侗家长发妹在摆弄她们乌黑的头发，左边绕一绕，右边弯一弯，再插上一把小银梳，一个漂亮的发髻就这样大功告成。

再回到阳朔的时候，对她的感情已是一日不见，如隔三秋。阳朔的夜千回百转，各种酒吧与派对，流光溢彩。

在这里，爱情是唾手可得的吧。

白天的阳朔已经卸去了脂粉，然而我更爱她本色的微暇。坐在马可波罗对面的月亮下，看着老妇人拿着一把

阳朔西街上，从某酒吧内衣派对里跑出来的老外

香蕉用英文一桌一桌地问："BANANA？"我忽然对这个小城产生了疏离感。

去周边逛逛吧，也许会有惊喜，我暗想。

竹林歼毛虫，码头观日落

福利码头就这样纳入了我的日程。那个码头长满了青苔，榕树茂密的叶隙中，跳跃着精灵般的光斑，坐古老的渡船到对岸，踩着满山的枯黄竹叶，挑一个落叶厚的地方坐下，看着江水亮得耀眼。

竹叶下常有毛毛虫出没，不甘寂寞的一条毛毛虫爬到了叶面上，"哇——"伴着我的一声尖叫，毛毛虫随即"香消玉殒"，同去的友人把它歼灭于谈笑间。

有多久没有坐在码头看日落了？看着斜阳缓缓沉下的一刹那，凤尾竹仿佛在轻吟，大榕树就像在浅唱。身旁渔夫发出一声赞叹："SO BEAUTIFUL（那么美）！"赞叹犹未结束，天色已然转暗，穿过鳞次栉比的农家，回到灯火通明的阳朔，那种视觉与氛围的落差，真个是冰火两重天——更哪堪琼楼玉宇！

阳朔很美，我爱她如画的风景，爱她宜人的气候，爱她慵懒的氛围……

特别提示

1. 几乎每个周末深圳都有这样或那样的团体组织去阳朔，但如果实在喜欢独来独往或不想在周末去，也可到银湖汽车站乘车前往。

2. 在阳朔汽车站可包的士或三轮车到福利码头，亦可在遍地开花的自行车出租店租车前往，但如果想真正感受当地氛围，建议包机动车，这样，到处闲逛，甚至坐船过对岸的时候均不需担心自行车的安全，可真正做到随心所欲，自由来去。

风情浓郁，海味鲜美——丰顺、汕尾红海湾游记

丰顺县位于广东东北部，与潮州、揭阳交界，经济不甚发达，然客家民俗风情极浓，且有许多特色小吃，适合对民俗、地方吃食感兴趣的游人。汕尾的红海湾辽阔而宁静，海鲜味美，是不错的游览去处。

未见瀑布，先闻其声

我们一行跟着榭珊到她的老家——丰顺的时候，还只是下午。车子拐了一个弯，来到汤坑镇附近的九归寨（音）瀑布前的一家餐厅，隐隐地听到瀑布声了，“未见瀑布，先闻其声”，也许瀑布是想用这种方式欢迎我们吧。

吃过晚饭后，我们驱车到瀑布下的空地扎营，天已擦黑了，扎好帐篷，在周边撒上琉璜末，天就全黑了下来，没有霓虹灯的映照，星星笑得分外灿烂。

我们在榭珊的带领下步行到瀑布处洗澡，上到半腰，只见一个很大的一平如镜的池子，蓄着瀑布冲下来的水，仿佛王母娘娘的梳妆台一般。

上行到瀑布分流处，让澶洌的水自上而下地冲刷，灵魂也仿佛被涤荡清澈。

带着一身清爽回到营地，就着习习晚风，蚊香熏起来的烟雾，大家把臂谈心。

第二天清晨，我们一起向着瀑布进发，号称“广东第一瀑”的九归寨瀑布气势很大。瀑布水质不错，形态亦美。我们顺着旁边的小路攀爬，几经艰辛，才爬到瀑布的顶部，下撤，进城，觅食。

九归寨瀑布

薯粉豆干，捆绑肉丸

丰顺的小吃相当美味，也非常有当地特色。在小吃街由街头到街尾的昏黄灯光里，罗列着的食物仿佛小时过家家的“道具”般温暖而虚幻。直到吃到嘴里，才感觉到一份平常人家真实的甜香。

所有小吃中，我最爱薯粉豆干，红薯粉搓成豆干状，下油锅炸透，放了蒜末的淡醋，入口绵软。

另有一种可携带回深圳的小吃是糖渍柚皮，粤东客家地区以沙田柚出名，柚皮的清香加上白糖的浸润，吃后真是齿颊留香，堪称“固体柚子茶”。

因为池莉的生花妙笔，人们知道了武汉人的“过早”是如何的丰富多彩，我到了丰顺也“过”了那么一回“早”，方知丰顺的早点与武汉点心相较也不遑多让。

亏得榭栅是本地人，才七里八拐地找到了如此地道的小吃店，点的东西也是她全力推荐的。一种特色小点叫“捆绑”，摊平的布

拉肠粉（比广式布拉肠略厚）包裹捆绑着各式馅料，或煮软条状的两条紫色香芋，或萝卜干炒蛋，或新鲜竹笋，一律捆绑成白白的四方形，入口或鲜甜，或爽脆，不一而足。刚吃完，榭栅就带领大部队去另外一家吃早点的地方了。这次端上来的是一碗肉丸米粉，漫不经心地咬了一口，内里有馅，不光肉丸弹牙，里面还有不同的味道，细细咬开一半察看，只见里面金黄一团，却看不出是什么原料，但觉有一股奇怪的香味混杂在只比乒乓球略小的肉丸里，后经榭珊指点迷津方知是炸过的蒜蓉。真没想到如此普通的蒜蓉混合肉丸居然可以有如此特别的口感。

丰顺的小吃易让人产生亲切感，就像小时候被爹爹五点钟叫醒后去吃的那顿广东早茶，让我感到温暖，平常人家的一种幸福和满足，此种况味，唯民俗味小诗可表："记得旧时好，跟随爹爹去吃茶，门前磨螺壳，巷口弄泥沙。"

浅溪漂流，海湾大嚼

吃饱喝足，也该活动活动筋骨了。这次榭栅领我们去玩漂流。可惜天公一点都不作美，阴沉沉地，虽然已是初夏，玩漂流的时候还是颇有凉意的。橡皮艇相当不好控制，最恐怖的是，溪水清浅，水下的大礁石不时像捉迷藏一样冒出来触碰薄薄的橡皮艇底。玩完漂流后，我们个个成了落汤鸡，可是"豪情壮志"不减，吃饭"开大会"的时候一致决定去汕尾的红海湾露营兼捉海产。

汕尾的红海湾辽阔而宁静，对于已开发的海滩来说实属难得，旁边宾馆、别墅、渡假屋一应俱全，这也许得益于潮汕人酷爱自立门户做生意吧，虽然游人看上去没几个，当地人的投资热情仍是不减。

营帐搭好后，我们去到海滩边的餐厅好好犒劳了一下自己。汕尾的海鲜非常鲜美，餐厅做出来的味道也很地道，可是价格

一点都不便宜，跟深圳价格一样。

下午我们集体出动，男人们撒网捕鱼，女人拾柴或是捡海螺。捡海螺比较好玩，我当然是选择有趣味性的任务了。海产还算丰富，很快我们就捡了好几篮海螺。晚上，煨着一堆小火，煮煮海鲜粥（男人们撒网打来了鱼和蟹），灼灼自己亲手拾来的海螺，也是颇为有趣的一件事情。

几天的旅程不知不觉就这样过去了，回深圳的汽车上，歌声飞扬，感谢热心的榭珊带我们走遍了丰顺的山山水水，甚至去了她的出生地，看了尚有人住的客家围屋，让我们感受了颇为民俗的当地生活，让我们愉快地结束了丰顺红海湾之旅。

特别提示

小吃街位于丰顺县城汤坑镇米街，捆绑及夹心肉丸店位于南市场附近。

刚柔并济——桂山与万绿湖之旅

柔媚温婉，万物俱绿

在深圳很多人听说过万绿湖，因深圳河源籍人氏不少，他们来深圳发展后，自然不忘宣传家乡的山水。

我当然也是听说过的，但我对人造的东东一向不感兴趣，所以一直对去万绿湖游玩提不起兴致来，直到我真的到了那里，亲眼目睹了那一碧万顷的秀美。

那天，我和玲起个大早，赶上大巴后就懒洋洋地有一搭没一搭地聊天，全没有往日出游的兴奋，心想：那不过是个人工水库罢了，有什么值得惊喜的呢！

路程还真是不远，才十一点就到了，吃完客家特色的中餐，我们直奔万绿湖。

初见万绿湖的那一刹，只能用“惊艳”来形容。澄清而碧绿的湖水，柔媚地躺在那里，带着古时婢妾的温婉，旁边大树围绕，仿佛护花使者。在看到她的那一瞬间，我就不由自主被吸引了。

上了游船，往湖的中央驶去，才惊觉这可不是一般的人工湖，澄碧的湖水上，坐落着一个个异常娇美的小岛。一般的小岛通体葱茏，可是万绿湖的小岛下半部分都是黄色的土壤，上半部分却是浓绿的树木，实在想象不出这些小岛是如何“长”出来的。小岛的黄

河源万绿湖

色与湖水的蓝绿色搭配得如此协调，叫人不禁赞叹这个名为“万绿湖”的少妇怎么如此懂得色彩搭配之道。

有的小岛上还建有亭台楼阁，可是不是一般的人工楼阁那样大红大绿的俗艳，都是自然的黑色，式样也颇有古韵，想是万绿湖号称“镜花缘”一景，后人加了一些仿唐的建筑吧。这非但没有破坏万绿湖的美，反而为她的美色锦上添花，仿如美女脸上的淡妆，怎么看怎么相得益彰。

游完万绿湖，上到附近的小山，穿过几个奇形怪状的石洞，眼前豁然开朗，自然的天光映照下，后面是郁郁葱葱的绿，着眼之处，却是一条弯弯的手臂粗的古藤，自然生成秋千状，仿佛在向游人招呼去她那儿小憩。

雄浑刺激，一座皆惊

相对于万绿湖的静谧与妩媚，桂山就雄浑多了。桂山离万绿湖很近，驱车不到一小时就可到达。

桂山脚下建了许多玩乐设施，比如吊床、秋千、跷跷板，都是女孩们喜欢的，不过如果她们知道山上有更多更好玩的，估计就不会花时间在这上面了。

队友们许多都换上了泳装，原来桂山的森林浴与别处不同，是真正的“浴”，不是只呼吸负离子的那种，沿着一个一个相连的小水潭往上爬，开始时还听到队友们的抱怨声，后来他们越来越勇

猛了，森林浴的途中有些地方用绳梯等连接，他们也拿出“排除万难，不怕牺牲”的精神，越爬越英勇，看得我和玲惊叹不已。

相连的小水潭既清澈又幽深，光看一眼就觉得有丝丝的凉意从潭底冒出，的确是消暑的好地方。

到了顶上，才晓得刚才的一连串“水潭之旅”不过是热身罢了，这里才有挑战性呢。

一排四方形的管道，围着中间一个空池子，管中不断喷出高压的水柱，像一条条小白龙向着水中诸人发飚，旁边响着强劲的音乐，名副其实的“水中迪斯科”。平时再矜持的人，在这一刻都会狂热起来，随着节奏在水柱丛林中扭动，在水力按摩之下，身心得到了无可名状的放松。

彻底放松之后，接下来就是高空的刺激。桂山上有个湖泊，空中飞人的钢索就连在湖两岸的小山上。套上保护腰带，手抓着把杆，两脚一蹬，人就“吱溜”一声滑了出去。我太兴奋了，滑到中途就对着下面的人群挥手，在空中转来转去，消减了冲力，结果在离对岸约20米远的地方停了下来，缓缓地向湖中心退却。对岸的工作人员赶忙拉着绳索向山下跑去，想拽住我，并把绳索的末端向我扔来。由于距离太远，我听不到他们说话，不知道他们朝我挥舞绳索是什么意思，后来总算明白了他们的意图，赶紧抓住绳索，终于被他们拉到对岸停留的地方。“唏——”湖下的队友们长吁了一口气，终于放下心来。想到自己一时兴奋，害得那么多素不相识的队

桂山水中迪斯科

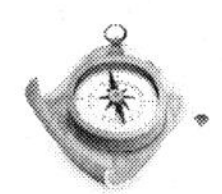

友替自己担心，我感到很不好意思。

桂山与万绿湖的两日游可谓一张一弛，刚柔并济，享受完万绿湖柔情万种的抚慰后，到桂山来寻找深呼吸的阳刚刺激，真是一大乐事，也许我们都需要丰富多彩的人生。

特别提示

1. 万绿湖与桂山可游玩之处甚多，最好不要把行程压缩在一天内，花上两天时间，一天游万绿湖，一天游桂山正好。

2. 胆子小或有恐高症的就不要玩空中飞人了。另外，玩空中飞人的时候切忌东张西望、左摇右晃，最好一鼓作气直到对岸，要不就会像我一样被上不着天，下不着地地挂在半空。

3. 桂山的森林浴，就是爬连串的小水潭那个，其实是颇耗体力的，潭水温度也很低，体力不好的最好不要尝试，以免感冒。

遥山隐隐，远水粼粼——广东鹤山游记

鹤山市位于广东省南部珠江三角洲腹地，与南海、顺德隔江相望，物产丰饶，既有平坦、别致的水乡，也有青郁、雄奇的群山，自然景观与人文景观均甚具观赏价值。食物美味，以白水角、鸡屎藤饼、濑蛤螟粥等闻名。鹤山开发旅游资源的时间尚短，许多景点保留了最原始的生态样貌，且离深圳颇近，交通方便，是周末或三四天假期出游的极佳选择。

朦胧诗，仿似画在湖上

早就听说鹤山仙鹤湖湖光山色相当“美艳”，趁着这几天的假期，拨冗前往。先是到了鹤山的市中心沙坪，典型的珠江三角洲新兴小城，街道繁华，人烟稠密，景色宜人，也是逛街的好去处。

从沙坪有公共汽车直达仙鹤湖，但是班次较少，我们不想多耗时间，就搭的士前往。

仙鹤湖的湖水一平如镜，青青的山倒映在淡绿色的湖上，水色衬着山光，斜阳一抹，映得碧清的湖水仿佛也有了些许醉意，让人心生爱怜。

夏天，据说有时可以泛舟湖上，划到湖的深处，看着两边小丘上的青草向游人招手，真是“在水中央，有俪影一双，仿似画在湖

上”了。

我们出游的这天，雾很大，湖上的水气也很大，整个仙鹤湖就像一首朦胧诗，又像是一个蒙着轻纱的少女，在向着游人低吟浅唱。

仙鹤湖附近建了颇多别墅，其中不乏别致的建筑，俯瞰着湖面。微风的夜晚，到别墅里住住，在仙鹤湖上放放烟花，应该也是美事一桩。

鹤山仙鹤湖

七瓮井，有如神秘布景

鹤山的地势西高东低，从沙坪一路往西，过了金岗，就进入山区的地界。鹤山的最高峰是昆仑山，当然跟青藏高原的昆仑山不能比，然在珠江三角洲来说，亦算巍峨。

昆仑山后，有一座叫做黄茅壁的大山。黄茅壁里，有一个景观，名曰七瓮井。所谓七瓮井，其实是在岩石上的七个大大小小天然生成的洞。那是一条山溪，自顶至踵有好几里，岩石错落，冬季正好是枯水期，岩石大部分裸露了出来，层叠着，光影斑驳，星星点点的，还散落着直径约一厘米巧克力豆似的山羊粪。而洞里积水，至冬不绝。据闻风雨大作之夜，七瓮井的七口“井”会发出不同的声响，高低跌宕，悦耳动听，这天籁之音我是无缘得听了。

那七个洞，有大有小，如圆环、如猪鼻，无不奇巧趣致，更有的像一个天然的佛龛，我们轮番进去双手合十，冒充一把菩萨

七瓮井

过过瘾。上到半中间，看到一块突起的岩石，我们又轮流到石下双手齐举，作力大无穷状，一手擎石，照片拍出来，乍一看，仿佛真的一样，于是得意非凡，自以为与那《射雕英雄传》中手托巨石的郭靖和一灯大师的弟子相比也不遑多让了。行至有攀缘绳子垂下的路段，天色已晚，为确保安全我们自觉止步。

在附近到处逛逛，看到一处藤蔓生长的所在，各种古藤，神秘又悠闲地晃着，里面是绿幽幽的密匝匝的叶片、苔藓，还滴着水，仿如中世纪欧洲巫婆采药的地方，又像是《哈利·波特》的场景，在这里留连，仿佛连空气都特别诡秘。

从七瓮井返回，途经金岗镇，在附近，看到了政府给三峡移民统一兴建的整齐民居，白墙红瓦，门前屋后种着蔬菜、鲜花，透着几分的恬静与和谐。

水乡行，总是浪漫唯美

有山必有水，鹤山市内的景观也是大异其趣的，与黄茅壁的跌宕崎岖相比，双桥、围墩的水乡可谓一望无际，温柔敦厚了。

出发的地点当然是沙坪，先是从围墩水乡穿行到西江边，一路只见水乡富庶，漂亮的小楼一幢连着一幢，亮晶晶的水塘一个接着一个。这里有的是水，缺的是地，村屋都建在水塘围绕着的空地

围墩小木船

上，那空地，就如各水塘间冒出来的土墩一般，故此地叫作围墩，极言屋地之小。

围墩旁的这一段西江，个人认为是整条西江里最美的一段，江面辽阔，水清草密，村民们在江边布下赶鱼的网，只留一个小出口直达岸边。据闻，这样就能把鱼儿们引入瓮中了。

从西江穿入双桥，仍是水乡，美丽的小桥，干枯或长满水芙蓉的鱼塘、新旧村屋夹杂其间，抢占了我数码相机卡上的不少空间。

回沙坪的路上，有条二度桥，桥上生得有两棵大榕树，树下是两艘小木船，“我的她，就似小木船，满怀念……不可以留住昨天……留下只有思念，一串串，永远缠……”不知为什么，看到这两艘小船，淡淡地躺在那里，我想起了这一首粤语老歌。

鹤山的风景粗犷又柔美，我惊诧于这样一个名不见经传的珠江三角洲县级市有如斯美景，就像一个养在深闺人未识的美女，等着我们去发现、去宠爱。带着你的好心情去逛逛吧，你的出现，是妆点这位美女的华衣。

特别提示

1. 在深圳和平路侨社汽车站2区可以购买去鹤山的车票，平时80块一张，约一小时一班。如果是自驾，出关后走虎门大桥，过桥后往西，过顺德，到南海与鹤山交界的九江镇后上佛开高速，开约七公里即到沙坪。

2. 从沙坪坐出租车去仙鹤湖平时单程25元，特别的节日30到35元，可跟出租车讲价。去七瓮井可从鹤山汽车总站坐公共汽车至金岗镇下车再转乘摩托车，黄茅壁山上入七瓮井的路较窄，汽车不易通行，搭乘摩托车较好。双桥及围墩均离沙坪不远，且里面的道路窄小而纵横曲折，亦以搭摩托车为宜。

香港印象——港大、九龙、兰桂坊

香港是一个让人迷幻的都市，维港水底的霓虹与中银大厦上空盘旋的鹰交相呼应，黄大仙的屋檐和摩天的大楼喁喁细语，港大西式的大楼里办着中式的展览。行人何其匆匆，海滩何其悠闲，从上环满是紫檀香的家私店走几步就是“群鬼密布”的兰桂坊。掉在这里也是值得的，每一个人都会爱上香港。

港大观展览，课堂听“基因”

香港人并不都如众人想象中的行色匆匆，这里也有悠闲诗意的处所。香港大学文学院的天井，汩汩地吐着N年来温馨平凡的小故事；充满殖民地风情的窗帘，含羞答答地张开了那么一点点……

在这个充满诗情画意的大学游走，初秋的太阳暖洋洋地，晃到冯平山博物馆的时候，却见一室的中式摆设，雕花隔扇，楼上刚好办罗家英粤剧展，戏服、剧照、十八般武器，华彩斐然地排了一室，耳中隐隐传来丝

竹管弦声。我从小听着“落花满天蔽月光”、“一叶轻舟去，人隔万重山”、“紫玉钗，寄情怀”、“不知是缘还是债”这些段子长大，看到罗家英一介粤剧名伶在香港大学办展览，怎不感叹香港粤剧界的兴旺！

在二胡的咿呀与锣钹的锵锵中拾级上三楼，却是一式的青铜器，铜镜的夔纹、青铜爵的精致，件件都在倾诉着某个朝代的兴衰。

好友SALLY在港大做研究助理，她别出心裁地安排她在港大就读的外甥女儿带我去“上堂”。于是我跟着去上他们的“高级生物研究”课程。课上，教授在上面讲基因，我当然是听得一头雾水，时近万圣节，看似木讷的教授居然讲起基因对南瓜的影响，不同的基因会培育出各种颜色的南瓜，然后他一本正经地问：“YOU KNOW HALLOWEEN（你知道万圣节吗）？”引来哄堂大笑，我也忍不住笑了。听完插科打诨的HOLLOWEEN（万圣节），我埋头画速写，把前排两个男同学的背影及老师“最是那一秃头的温柔”描画下来。下课后，我们跑到港大庄月明楼饭堂旁的咖啡厅，买了一杯饮料、一盒水果，走到咖啡厅外露台的阳伞下小憩。在这港大温暖的午后，我们的心灵得到了莫大的满足。

辗转乘小巴、地铁到黄大仙，盛名之下的黄大仙啊，庙宇三数间，挤在高楼大厦群里，香火倒是鼎盛得很。据闻颇为灵验，我也焚几柱香吧，既到宝地，表示一下对神明的尊敬也是应该的。

九龙忙SHOPPING，兰桂齐芬芳

在香港这个购物天堂里，不购物是一种罪过。我们在弥敦道附近闲逛，跑进每次来香港必到的“莎莎”，刚结识的友人买了一瓶兰蔻的香水、一瓶法国牌子的防晒粉底液和唇彩。

老外哥哥说要去看古典家具，于是陪他到皇后大道逛家私店，

尘封的精致在有限的空间里无限蒸腾，一格格的柜子晃得我眼花，顺手坐在一紫檀茶几上，看着某人东看看西摸摸，手在带铜锁的百宝箱上游移，而我的灵魂早已飞出十万八千光年。

到一咖啡店歇脚，然后商量晚饭，歇够了，跑到蔡澜力荐的“名人饭堂”镛记，点了名声在外的烧鹅、酸姜皮蛋、虾干蒸豆腐、蚝油芥兰。像我这种向来对烧鹅不感冒的人在这里居然吃了几箸，可见其美味。只是那酸姜皮蛋……“你侬我侬，忒煞情多”，当那被剖成两半的皮蛋平躺在碟子上咫尺天涯，见面不相逢的时候，我不禁冲口而出。半溶化的糖心，被啜进口里的那一刻，感觉很美妙。虾干蒸豆腐的虾干大而份量足，虾干坚硬鲜香的口感配上豆腐的滑嫩绵软，可谓绝配，诚然是可圈可点的镛记杰作。

饭后闲庭信步，绕中环一圈，许多很有创意的橱窗设计尽收眼底，或是一条大红锦鲤，或是一件绵绣古装，有的建筑依路面形状成半圆，外面黄光打着，也如梦如幻。在中环这弹丸之地游走，没两步就来到久违了的兰桂坊，不知为什么，一提起兰桂坊，我总没来由地想起毫不相干的《红楼梦》后四十回中的兰桂齐芳。

兰桂坊绚丽的灯饰在昭示着太平盛世下的灯红酒绿，在兰桂坊出名人气旺的龙舌兰酒吧门口最佳位置坐下，看人也被人看，发呆一小时后，到中环离岛码头坐船，之后又到榕树湾码头，SALLY已经牵着两头可爱的狗狗在那里等我了。就着朦胧的月色，与SALLY在树影下分花拂柳前行，徒步25分钟后到达北角村她精致的“小窝”。

海上日落

香港的俗艳喧嚣和洁净离世让我迷醉，搞不明白两种如此不同的特质怎么

可以在她的身上得到如此完美的结合！

特别提示

1.“莎莎”是女士们到香港的血拼必到的地方，凭我数次在莎莎扫货的经验，这里的东西还算正宗。

2. 香港大学位于香港岛南区薄扶林道，在中环可到置地广场斜对面坐90B大巴，到铜锣湾或湾仔则有更多行东线的巴士途经此处。港大里面包括博物馆在内的景点门票全免。

香港印象——得如、许留山、长洲、南丫岛

香港是姹紫嫣红的，也是碧青澄澈的，也许间关莺语花底滑、清泉石上流才是原生态的香港野趣吧。

我们一大早跑到粉岭附近（新界北部靠近深圳）的鹤薮去行山。香港不止有灯红酒绿，还有洗尽尘嚣的湖与山。宁静的湖水躺在雄奇的群山里，还有狗尾巴花样的苇类植物相伴。

我们去了旺角上海街的SENSE CAFE（主题餐厅），餐厅在楼上，满是日本漫画，仿如置身小人国。沙发宽大而舒适，窗户上还有一串串的珠帘。

SENSE CAFE的出品以西餐和泰式菜为主。餐具与出品构图雅致，色彩搭配协调，是一间讲究细节的餐厅。

先是一些泰式食品，炸春卷、炸丸子、薯饼之类，配泰式甜辣酱，众人走了一天，饿得狠了，通通抢光。

大菜在后头。那一道烟鸭胸，嫣红微焦，咸甜适度，就着若有若无比青烟还要飘忽的烟味，舌尖就如羽化登仙般进入极乐境地。

盘子还是那个盘子，鸡翅却不是那道鸡翅。看着与别的鸡翅无甚不同的一道菜，吃起来却绝不雷同。原来，他们的鸡翅既不是煮的，也不是蒸的，更不是烧的，而是用西式焗炉焗出来的。先刷上一层酱腌渍片刻，入焗炉前再浇上几道蜂蜜，最后放入焗炉烤，就成了香喷喷的焗鸡翅了。

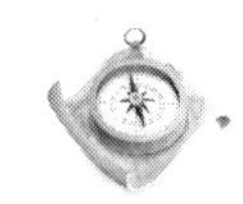

SENSE CAFE把他们的焗炉发扬光大到了极致，肉酱芝士焗意粉、焗海鲜饭，无一不浓香四溢。

得如茶楼，许留山，美利楼

第二天一早去香港最早的得如茶楼喝早茶。旧时香港、广东一带常把酒楼唤做茶楼，得如的招牌虽然是酒楼，但老香港们依旧习称它茶楼。这里地处旺角闹市，二楼居然维持几十年前的旧装修，风扇依旧，痰盂依旧，桌椅依旧，且让我们怀旧一把。

得如茶楼的点心自然做得比较正宗。且不说那个大如儿头的大包，也不说那鲜香诱人的叉烧包、虾饺、烧卖，单表那怀旧的鸭脚扎，就已经文章多多了。鸭脚扎，可不是每一家经营粤式早茶的酒楼都能做的，这实在是一件费工夫的点心。各酒楼的鸭脚扎用料虽然大同，却有小异。一般的腐皮包裹，“内容”有鸭脚、猪肚、冬菇，甚至还有炸过的猪皮，我最爱得如茶楼鸭脚扎里的那块瘦肉，腌得硬硬的，吃起来脆脆的，爽得很。另外一种值得一提的点心是“大利猪肚”。所谓大利，就是猪舌头，肉丸上铺猪舌头和猪肚蒸熟而成，嗜食内脏的食客当然对这种点心趋之若鹜。

得如酒楼是古朴到家的，许留山是推陈出新的。时至今日，从内地去香港的人几乎没有不光顾许留山的。这也是一家老字号，虽然没有得如茶楼历史悠久。许留山最出名的是它的芒果系列甜品，用料既足又靓，搭配都是花了心思的，和芒果的味特别合得来。就如那个多芒椰汁黑糯米，芒果的香配上椰汁的甜，再搭上黑糯米的糯，是多重味觉的交织，偏偏又交织得相得益彰，少了哪一样都不行。

我个人喜欢它的芒果雪糕多过芒果布甸，只觉得芒果布甸过甜，没有芒果雪糕那么芬芳馥郁、恰到好处。而芒果搭配燕窝，效

果也出乎意料的好。许留山的用料都相当足，一客燕窝杨枝甘露加上杂果，燕窝是看得见的一大团堆积在上面。燕窝我是很爱吃的，不独因为它的传说中的美容功效，贪其口感清而不寡。许留山不光芒果甜品做得好，其他甜品也相当出色。

即如那个燕窝椰皇炖雪蛤，就不止是卖相美观那么简单。原只椰子衬白花纸上桌，里面是还未拿到面前就闻到的椰浆的浓香，混着半溶化状的雪蛤与燕窝，它溶化的不只是我的舌头，还有我的心。广东人或是与广东饮食文化同本同源的香港人，都是不忌讳咸甜混吃的，即如那个甜莲蓉月饼里的咸蛋黄。许留山也把这咸甜混搭进行得很彻底。那款香芋椰汁红豆沙配煎萝卜糕就是一例。忽如一个又甜又嗲的少女乍喜还嗔，一忽儿笑一忽儿生气的样子，看似毫不搭界，可是怎么看怎么美。

赤柱

许留山虽则甜美，但最适宜的是作为下午茶或是消夜的点心，想要填饱肚子的话，最好还是驱车去赤柱。赤柱，这个有着殖民地古风的港湾，拆掉重建却保留原样，甚至把以前当铺的柱子都拆了来做装饰的美利楼，刻意营造着一种宁静详和的半英式氛围。

美利楼里有许多的酒吧与食肆，一律的异国风情，有这个国家的，也有那个国家的。我们挑中二楼上楼梯左面的一家泰国餐厅。餐厅布置得很美，原木的装饰，粗藤做的椅子，在面海的回廊里坐着，边看风景边进餐，真是很惬意。那天，风有点大，气

温有点低，回廊里点着许多的取暖灯，熊熊的火焰，一点也不觉得冷。细节，对于一个好的餐厅来说很重要。我点了几个典型的泰国菜。青咖喱膏煮青口先上，那青口真是美味极了，青咖喱膏也不见得如何挑逗，就轻易地把我们的味蕾引诱得欣喜若狂，跃跃欲试。接着上来的几个菜彻底地抚平了我们心底的渴望。炭烧猪颈肉爽脆入味；明炉乌鱼里的香料多而不杂，还特意放了肉糜来吊味，汁料酸酸的，咸咸的，吃起来很清新。明炉乌鱼的炉是最有特点的，整个是一条鱼的形状，配上备用的汤汁，高低有致的样子，光是看着，就是一种享受。最后上桌的咸鱼炒芥兰不过不失，味道普通，没有之前这三味那么出彩，但总的来说，菜式算是有惊喜的。这家泰国餐厅从装修、出品到价格都值得推荐。

赤柱美利楼泰国餐厅外观

百宝堂，长洲，钟记

香港人有饭后吃甜品的习惯，确实，吃完咸的吃甜的，口腔才能得到真正的满足。于是，晚上我们又去了旺角庙街附近的百年老店百宝堂吃龟苓膏。那里的龟苓膏可以热食，一拿出来便药香扑鼻，我放了多多糖浆，想要把甜进行到底。

当然，甜蜜的不只是龟苓膏，还可以是海边一个岛。长洲就是

这样一个甜蜜、恬静的小岛，有着原始、古朴的风情。迄今岛上还有很多打渔人家以打渔为生。从中环离岛码头坐船去长洲。一下船，便看到“长”着大白伞的观景处，在观景处四处远眺，只见渔船如履，水波不兴。沿着海边堤岸到处乱逛，终于明白为何长洲还有抢包山的体育项目，长洲居然还有欢迎天后庙神像重修的开光仪式纸扎牌坊，时光仿佛倒流数十年。竹架上俗艳的颜色，看上去却亲切无比。

长洲的食肆也多是沿海而设，冬日的暖阳下，坐在餐厅前的露天桌椅上，就着紫白格子的桌布，看着渔夫和女儿在那里把竿谈心，多么温馨的情景。长洲的美食当然以海鲜为主，难得的是做得颇为别出心裁。梅子蒸花蟹和腐乳炒生菜活色生香，艳红翠绿，相映成趣。通常，我们以为只有通心菜才拿腐乳炒，没想到生菜用腐乳炒起来也这么好吃。梅子蒸花蟹是火红的花蟹上铺着鲜红的腌制过的梅子，酸酸的，鲜鲜的，开胃又惹味，再撒上几星葱花，红、白、绿的映衬，看了都流口水，更别说吃下去了。新鲜蟹肉的弹牙，再加上半丝酸甜的吊味，吃后回味无穷。

长洲，有着古老的趟栊门，白色带骑楼的房子，还有那抹绯色的落霞，染红了沙滩，染红了海水，也染红了我们的脸。

乘着夜晚的渡轮，回到港岛再回到九龙。久闻蔡澜美食坊的大名，来过香港数次都因机缘不凑巧没去，于是这次决定去试试。门面是装饰得颇有特色的，蔡先生喜爱刻图章，入门处就像一方红纸上盖了个

图章，写着蔡澜美食坊五个大字，不知是不是故意这样设计的呢？蔡澜美食坊只是一个统称，里面有许多家各种各样的食肆，绕场一周后，决定在钟记车仔面那里落座。

钟记车仔面除了以面出名外，其牛杂做得很出色，也有一些你闻所未闻的部位这里都有得出售。

钟记车仔面的萝卜牛腱、萝卜干煎蛋等都做得很不错，面也爽口。难得的是价格不贵，地方又洁净雅致，还是在闹市区，出行方便。

 温柔恬静的南丫岛，浓艳迷离的尖东

香港周边的离岛是很多的，除了长洲，还有大屿山、南丫岛。大屿山的昂坪360度缆车才建成不久，名声在外，我当然是要去坐坐的了。果然是360度全海景，视野宽阔，然而也无甚特别，那个大佛也一般得很，倒是大屿山另外一头的大澳颇有看头，长长的栈桥绵延入海，略有几艘渔船，垂钓的人，以及经过改装的单车。

若论悠闲精致，我更喜欢南丫岛，小巧玲珑的样子。榕树湾更加热闹嚣喧，而索罟湾则宁静而出尘的淡泊，有很多的酒楼，其中一家叫天虹的酒楼，据说周润发、梁朝伟都光顾过。那几艘红帆船，好像大海里的红枫叶，飘呀飘，摇呀摇，总也摇不出大海的手掌心。

海上的枫叶让我迷醉，香港的现实生活却更让我眷恋。在铜锣湾时代广场往西走一点，就看到香港的街市，那一块块、一条条的海鲜，如此鲜活地摆在摊上，让我觉得，香港的生活也是触手可及的。

天慢慢地黑了，到尖东去看霓虹灯吧，那海关的钟楼，经历了多少年的风风雨雨，它自巍然不动，在黄光的照耀下，彰显着沧桑和庄严。维港的夜景迷离得令人沉醉，漆黑的海水里热闹的倒

影，再加上一只夜航的游轮，那种趣味是如此的浓艳……

特别提示

去香港旅游最好不要只在游人密集的旺角、中环一带闲逛，有空去离岛你会有更多的惊喜。那里有着不一样的原始、淳朴风情，有很多儿时才吃到的东西。北部的山林也不错。到香港不可不试甜品，现在较新引进的绵花冰口感很好，木糠布丁也不错。

一阙西风东渐的田园诗

——广东开平游记

开平位处珠江三角洲，广州的西南面，深圳的西面，物产丰饶、富庶，侨风浓郁。有峭然挺拔的碉楼，美丽缱绻的立园，汩汩流淌的潭江，使人四顾欣然。

碉楼畅想，猪杂留香

我在三埠的潭江畔吹着江风的时候，就想，一定要去看那传说中的碉楼。开平碉楼源于明朝后期，随着华侨文化的发展而鼎盛于20世纪初，是融中西建筑艺术于一体的华侨乡土建筑群体，碉楼主要用于防匪、防涝及居住，其建筑风格既有中国传统的硬山顶式、悬山顶式，也有国外不同时期的建筑形式、建筑风格，如希腊式、罗马式、拜占庭式、巴洛克

式等等，千姿百态，异彩纷呈。

我们看到的两座碉楼，坐落在乡间收割过的稻田上，淡淡的灰色建筑，楼层颇高，顶上有可供射击的地方，楼下竹子三两枝，旁边是高大的影树，四周是好闻的田野气息。楼的顶部是拱形的回廊，有风的傍晚，登高远望，就着变幻的晚霞，定含相当的惬意。

我们没有等到看落霞就离开了，徒步去附近的村落，看自然村落里的古建筑。开平一带，旅居海外的人比住在国内的人还要多，很多村落里都是人去楼空，只剩下少数老弱的聚在屋边打麻将、打天九，悠然百得，好一幅现世安好的画面！

中午，驱车去古镇赤嵌吃饭。赤嵌以前是开平的县城，近年才改市中心为三埠的，也是一处饮食文化发达的物阜民丰之地。赤嵌的菜干汤甘甜华美且清热润肺，冬天喝是再好不过了。然而我最喜欢的还不是这个，开平的猪下水堪称一绝，据说蔡澜都来吃过。用新鲜屠宰的猪内脏，一般取猪腰、猪肝、猪粉肠，加黄花菜和酒一起灼熟，吃肉喝汤，用开平话来说就是猪腰、猪肝、粉肠煮酒，汤里混着肉香酒香，肉是透着刚熟的鲜甜。

多情立园，中西合璧

看罢碉楼，怎能不去立园呢？立园，位于开平城区20公里的塘口镇北义乡，坐西向东，是塘口镇旅美华侨谢维立先生于20世纪20年代回来兴建的，历时10年，1936年初步建成。

立园的布局大体可分为三部分：别墅区、大花园区、小花园区。三个区用人工河或围墙分隔，又巧妙地用桥亭或通天回廊将三个区连成一体，心思颇为巧妙。

立园现下被开平市政府翻新了，外墙涂上了奶黄色，衬上蓝色的窗，色彩也颇为协调。不过我觉得，任由它灰灰的更有沧桑感，

更美。

立园的美，不是美在雄奇壮观，而是精致巧妙，颇有螺蛳壳里做道场的意思，然而它没有那种匝逼的窘态，处处都见主人的雍容气度。它的美，是中西合璧的，曲径通幽处，豁然开朗。

最爱立园西式的花架，镂空砌就，仰视如雀笼，衬着白云蓝天，我不禁想，多年前，被园主豢养在这里的金丝雀们，可曾想过飞出这个牢笼呢？

园中散落的一座座小别墅分别住着园主谢维立不同的夫人，其中最得宠的小妾的别墅最为精巧，那二楼进门处的地板上，甚至有一个长方形的枪孔，如有土匪进屋抢劫，即可在二楼用枪把进门的土匪击毙，其对此小妾的宠爱可见一斑。

屋里散落着各式箱笼、留声机等，室内一式红木家私，屋顶天花雕画着精美的菱形图案，那门廊上的罗马柱，那样的伟岸衬着那样碧蓝的天，乍一看，甚是雄美。

花园里还有小运河相连，青青杨柳岸，欲滴点翠池。虎山上的立园里那两个灌木组成的大字估计是后人加上去的，如果是当时的手笔，怕不早就被一把红色火焰烧尽了？

开平的景观是极传统的土壤上渗透着异国风情，是自卫式的西风

东渐，是小洋楼里的三妻四妾，是当时的月亮，是金山阿伯遥想当年的乐土，更是一阙乡间无日月，闲适不知年的田园诗。将来，不管漂往何处，我将适彼乐土，是啊，乐土乐土，爰得我所。

特别提示

1. 罗湖汽车站和和平路的侨社均有大巴通往开平三埠，票价约100元。罗湖汽车站的班次较密。

2. 据说吃猪杂煮酒最正宗的是水口镇，离三埠约20多公里，开平客运站有大、中巴直达，班次多。

3. 开平客运总站位于325国道开平市义祠路段，毗邻台山、鹤山、恩平、新会市。

马疾香幽从此醉——大理、丽江、虎跳峡游记

段家城门忆旧盟

喜欢大理，不光因为《天龙八部》是我最喜欢的小说之一，更因为那里独特的景观与风情。

大理的洋人街除了清静一些外，与阳朔的西街并没有太大的区别，只是那个古城门啊，是我魂牵梦萦的地方。小说中大理段正明就是在这里迎接段誉和木婉清进城的吗？段誉就是在这个城门外的道观中搂着他妈妈的脖子撒娇吗？这座黑色凝重的城门可以承载如此多古时大理国亦真亦幻的正史、野史、小说家言？

大理古城

城门矜持地缄默着，并不理会我的满腹疑团。就在城门外徘徊的时候，她给了我丰厚的馈赠——我在城门外的食街找到了最富当地特色的吃食。那家餐馆，有着洱海特有的水草，约30厘米长、半厘米宽的绿色条状，加上豆腐和肉类用来煮汤，清香嫩滑。还有一种从洱海里捞上来的螺，形状特

异，味道鲜美。

为谁开野花满路

洱海的流云如诗如画，为了这个，我们一早爬起来，品尝了富有当地特色的烤乳扇，取道喜洲前往洱海。喜洲的白族民居形状特异，镇外的池塘铺了半塘野花，翠绿浅紫，仿佛时装设计大师凡思诺亲自前来配色。

看完洱海和崇圣寺三塔，该上苍山了，从上苍山的缆车里俯瞰，觑见一个大象棋盘，虽然武侠小说里侠客们下的都是围棋，还是要对一下“台词”的：“风紧！扯呼！上点苍山啊！”“点子很硬，大伙暗青子伺候！”再模拟从衣服里掏出棋子做暗器，扬手斜射，教完别人对这些“台词”，做这些“身段”，再解释完典故，未行苍山，我已累得“香汗淋漓，娇喘细细”了。

怪道苍山名苍，山上那些石间的流水，配上浓绿的植被，其意就如王维的画，诗中有画，画中有诗。

青衫磊落险峰行

大理与丽江之间虽然相隔只是数小时车程，风格怎么会如此迥异呢？我不禁惊诧于丽江古城的秀、美、精、巧了。

这个雪水冲刷着的古城，红灯笼掩映在绿树间，仿佛躲在树后藏猫猫，忽然伸出头来轻笑的少女，木结构的楼房、繁花盛放的小

院，闲适优雅得让人好生亲近。

宿在茶马客栈，在这个洁净精致的庭院式客栈喜遇同在英国布里斯托大学就读的TO女孩Y与GRANT，于是两人加我和MINO一同包车去玉龙雪山。

从山脚到山顶可乘索道，亦可骑马，骑马可一尝当侠女的风范，当然是我的首选。

下山时MINO唱起了《CIAO BELLA（再见，美人）》之歌，曲子跟我们熟悉的南斯拉夫电影《桥》中的插曲一个样，我们唱“啊，朋友，再见吧，再见吧，再见吧”，他们就唱“OH，BELLA， CIAO BELLA， CIAO BELLA，CIAO CIAO CIAO”，BELLA（意大利语）是美人的意思，“CIAO”是再见的意思，于是山谷中回荡着意大利语的歌声，仿佛也有那么几分荡气回肠。

回丽江后TO女孩Y和GRANT抗议这样的旅程太腐败了，坚持第二天徒步到虎跳峡。于是我们第二天天蒙蒙亮就起来了，丽江的青石板路上一个人都没有，没雨的清晨凉丝丝的，心情巨爽。到虎跳峡的时候还很早，听到了轰隆隆的水声，一路上遇到塌方无数，夜宿天娜之屋，喝着土鸡汤，望着对面的哈巴雪山， 屏嶂一样横亘在我们面前，那种抽离的浩然与绿意使我们毫无压抑感， 只觉澄明。

休整一晚后，第二天一早从中虎跳下新渡口，路出乎意料地险， 很多从断了一小半的公路上滚下来的泥沙， 坡与地平线的夹角在很多地方成七、八十度，下面就是汹涌的金沙江，所谓的路只是坡上人踩出来的羊肠小道，道上的沙子踩上去是流动的，一不小心就打滑。我们只得本能地赶紧抓住手边的灌木，至于抓着抓不着就全凭运气了。如此颤颤巍巍地走了不知多久，终于看到金沙江了，浊浪滔滔，打着如梵高油画般的漩涡。已经看见新渡口的船了，人离江面最多也只有10多米了，可是，坡到了这里与江面的夹角几达90度，而路忽然消失。艄公在绝壁上用锄头锄出来的窝窝算

丽江

是落脚点，我脚软，说出的话都带哭腔，GRANT 与TO女孩Y已先过去，回头想帮我，可他们也是泥菩萨过江，能勉强全身过去算是不错了，真不知如何是好。艄公不愧是本地人，绝壁里行走江湖的，趿着一双人字拖，毫不费力地上来，伸手给我，叫我踩着他的脚背过去，我总算捡回了一条小命，不用跑到长江的出海口去报到了。

坐在渡船上，恍如隔世。回头看刚才走过的路，几乎不相信是自己走过的。过到对岸，方发现挑战远未结束，有多长的路下坡就有多长的路上坡。这时候，恨不得自己会“梯云纵”，左脚点右脚背，右脚点左脚背，嗖嗖嗖地就蹿了上去。可惜一切皆出于想象，于是只好“抬望眼，仰天长啸”，拖着灌了铅的腿一步步地走上大具汽车站。

游走在大理、丽江与虎跳峡之间就像在武侠小说的时空里穿梭，雪山、大江、古城，充满了浪漫主义色彩，而我、MINO、GRANT、TOMMY在这山与水中胡闹穿行，我像酷爱美食的帝

释，GRANT像“老子不信邪”的阿修罗，MINO像善歌舞的紧那罗，TOMMY像力大无穷的龙。什么时候，我们还可以重新聚在一起，并肩携手，再战江湖呢？

特别提示

1. 在大理古城可宿茶马客栈，内有带独立洗手间及取暖灯的房间，当时我们讲好的价位是100元一晚，比古城内其他带洗手间的酒店便宜很多，客栈洁净而格调清雅，带纳西小院。客栈可提供徒步虎跳峡的手绘地图。

2. 虎跳峡交通：在丽江汽车站可坐公共汽车至桥头，再包小车到虎跳峡。徒步到中虎跳过渡到对岸后，在大具坐车回丽江。

深圳东面排牙山游记

排牙山地处深圳大鹏湾，顶峰海拔707米，由于岩石常年累月受海风侵蚀，造就了排牙山如牙如齿般的险要悬崖地貌，排牙山可能是深圳户外山脉里风景最佳的线路之一，沿途风光秀丽，拥有无敌海景，从山上看过去是海天一色的景象。

苔藓古藤，绿草阳光

春暖花开的日子，最适合手捧自己烤制的红薯踏青赏花。

于是，某年某月的某一天，我们选择了去排牙山烤红薯。

正是春天，排牙山山青青，水碧碧。山虽然不高，一口气爬上去还是有点累的。于是，我们在快要疲累的时候选择溯溪兼休息。

排牙山下水库存

溪水不深，清澈见底，游着几尾细细的黑色小鱼，水里的大石头上长满了绿色的青苔，溪水幽幽。路边的大树上不时垂下一条长藤，更添一些古朴的奇趣。一路

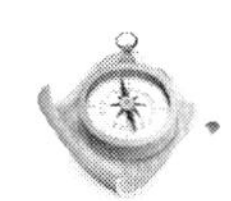

踏着水里的大石头跳来跳去，很快就到了山顶我们要烤红薯的地方了。

我们选了一个向阳的所在，远处是无际的海景。山上到处是茸茸的绿草，春日的暖阳慈爱地抚慰着我们，嗅着青草的芬芳，耳边是春天微风的喋喋，让我想起看过无数次的明信片的感觉——唯美浪漫。

 土窑烤制，齿颊留香

那边厢，已经有不少人在“砌窑”了，参加这次活动，让我学了一招，原来，最好的红薯是“窑”里烤出来的，小时候看到的用土一埋就算烤好的方法简直是小巫见大巫了。

“窑”约有一尺高，成圆拱形，用砖头或土块砌就，下面开一孔，用来烧柴，柴火烧得差不多了，就在窑顶挖开一孔，投入红薯、玉米、茄子等要烤的食物，玉米和茄子最好用锡纸包好，肠仔等肉类因为比较容易熟，不用那么快放进去。

东西放齐后，把“窑”一推，让加热了的石头、土块等全压在食物上，约10至15分钟，就可以把推倒了的“窑”扒开，拿东西出来吃了。

垒土窟、烤红薯

扒开“窑”的一刻，异香扑鼻，那种新鲜食物混和着泥土气息的芬芳，煞是诱人。我们烤的是紫心红薯，红薯个小，烤熟后黑黝黝地毫不起眼，可是掰开一看，心子是呈放射状的淡

紫色，小红薯三口一个，吃完后齿颊留香。剥开包着锡纸的玉米，里面是金黄色排列整齐的颗粒，咬上去脆脆的，满口甜汁。烤的时候我悄悄放了一个土豆，现在可成了烫手的香饽饽了，谁都抢着要。烤土豆的外型也不好看，黑黑实实的样子，我发现所有饱含淀粉质的东东烤起来都是“心里美”，把那层黑皮一扒开，里面赫然是雪白的绵绵的薯肉，又面又香。也许是DIY的东西吃起来特别美味吧，那么平常的食物，到了排牙山顶，合着鸟语花香，强烈地冲击着我们的味蕾。

沼泽平湖，自由欢畅

人是需求复杂的动物，肚子饿的时候想吃东西，现在吃饱了，又想信步闲庭了。于是我们几个在一起烤红薯的漫无目的地荡到山下，靠溪水的岸边，长满了深紫色如玲兰的小花，在风中柔弱地颤颤着，我见犹怜。心中挣扎良久，还是不忍心采下这纤弱而美丽的草本小花，就让她在没有风霜雨雪的南国自由地呼吸吧，盛放之余娱乐一下后来驴友们的眼睛。

漫步到小溪旁边的一个半干湿的沼泽地，那里湖面总是澄清，那里总是充满宁静。小心地在沼泽地的半干湿草地上行走，眺望沼泽地边沿的湖，梅沙小鱼和大灰狼担当起了替我们拍摄的重任。

我们三个女孩一起穿过沼泽地的当儿，小鱼忽然叫住我们，结果三人齐向后看，成了“三人行”的定格，其中剪短发长得像邵美琪的女孩温柔善良。我在溯溪时弄破了手肘，她细心地帮我贴创可贴，穿白衣服的女孩雅擅烹饪，她们都是我们这次活动的好伙伴。

在沼泽地上张开双臂，向着蓝天白云呐喊，再来一个鹞子翻身，没想到，在排牙山下的不太大的沼泽地上，我们找到了久违的轻松、自由的感觉。虽然活动早已结束，排牙山上阳光、青草、紫

色小花、烤熟的红薯、玉米、土豆的味道还是在我的鼻端萦绕，挥之不去，就让我跟着嗅觉走吧。

特别提示

1. 烤红薯后记得把火种完全扑灭，以免引起山火。

2. 适合土窑烤制的食物多种多样，其中以烤红薯、玉米、土豆、肠仔味道最好。如果是外面没有表皮包裹的食物最好以锡纸包裹，因为最后需要把土窑弄塌用土及石头掩埋烧烤物，没有包裹的话会弄脏食物，且锡纸包裹有助于食物原味的存储。

3. 即使是去山上烤红薯，也不一定可以准时开吃，尤其是不太会砌炉子的生手，所以带一定的干粮是必需的，以免饿肚子。

平海的秋千——惠东平海游记

平海镇地处广东省惠东县最南端，平海一名始于明代，因平海山而得名。惠东平海至港口一线，海滩悠长，沙滩细腻，海水碧蓝，开发很少，游人很少，沙滩上竖立着高高的秋千，在海滩上边荡秋千，边看夕阳，悠哉悠哉。

很平的平海

平海岸边的牛

初抵平海，惊叹于它的平。一望无际的沙滩，绵延数里，望不到边，连海浪也与别的地方有异，一层一层地推过来，锲而不舍地扑向海滩。

在这样绵长的海岸线上，不露营岂非辜负了美景？于是七彩的帐篷一字排开，队友们各施各法，分组煮饭。我们组占了一个炉头煮虾粥，大家吃得津津有味。

“深海”不深，清晖不冷

在平海绵延数里的海岸线上，最奇特的是，走出几百米，海水也还是齐腰深，那些不会游泳的女孩快乐无比，终于可以在远离岸边的“深海”里游泳了。像我这种乐山更乐水的可就郁闷无比了，齐腰深的水怎么游呢，不如叫涉水来得好些。

“戏水”数十分钟后，终于不耐无法畅泳的惆怅，夜色中怏怏返回海滩，另一组队友的“火锅进行曲”正开展得如火如荼，我也凑热闹跑去试试，哗，鲜美无比！原来该组有一女孩居然带了江瑶柱来做火锅锅底，配上大白菜、鸡蛋、冬瓜、牛肉丸，衬上习习海风，怎一个爽字了得。

吃饱了，终于有心思闲下来看看平海的夜色，月色很好，清晖、银涛、海浪尽染。远处传来了号子声，十几具渔民们在拉网呢，有男有女，一齐拉着沉甸甸的网，脚印深深地印在潮湿的沙滩上。

再看清楚一些，原来，沙滩上不光有潮湿的脚印，还有浪漫的情侣们点上的一圈圈心形的蜡烛。夜色中，那圈淡黄的烛光显得特别美好而朦胧，映得清冷的月色分外温暖，就连身为外人的我心中也不由得被温柔地牵动着。

蹴罢秋千，起来慵洗纤纤手

牵动人心的不光是那些柔和的烛光。看，岸边的秋千架上，是谁在快乐地荡着，又是谁在努力地推着？那一串串银铃般的笑声，

在平海的夏夜快乐地回旋，余音袅袅，不绝于耳。

我不知道是谁建议在平海这一望无际的沙滩上建起这两个高高的秋千架，但我知道倡议者一定是个浪漫而又小资的人，在这样凉爽的夏夜，吹吹海风，荡荡秋千，想想心事，缅怀一下刚逝去的夕阳、落霞，回味一下刚吃完的瑶柱、虾粥，该是多么有兴味的一件事啊！

且不说秋千的实际功效吧，光从美学角度出发，绵长而平整的沙滩上，“门”字形几何图案的秋千架拔地而起，中间是随微风轻摇的秋千，点缀在海与天之间，景象顿时立体而生动起来。

从小是酷爱秋千的，酷爱“墙里秋千墙外道”，“笑渐不闻声渐悄，多情却被无情恼”这样的句子，更爱站或坐在秋千上自由地摇晃，尽情地嬉戏。这一次，终于让我过足了秋千瘾。

平海的秋千

“蹴罢秋千，起来慵洗纤纤手”，我就这样带着满手秋千索的余香走向正玩闹着的队友……

夜深了，抓螃蟹的、散步的、看拉网的都纷纷回来了，一宵无话。第二天天才蒙蒙亮，就有人起来活动了，我也一改往日赖床的习惯，没想到，灰蓝的天色下，早已有女孩坐在秋千上沉思呢！看来，平海的美，不仅在这千层的浪，更在这“桃李不言，下自成蹊”的秋千上。

特别提示

平海镇地处广东省惠东县最南端，东频红海湾，南临平海湾，西倚大亚湾，北距惠东县城平山镇44公里，西南离香港58海里，面积136平方公里，是埝平半岛的物资集散地，也是惠州南部地区海运进出口的咽喉口岸。境内地势自北向南倾斜，北部多山地、丘陵，南部为沿海断续平原。这里位于内回归线南侧，属亚热带季风性气候，日照充足，雨水充沛，夏无酷暑，冬无严寒，年平均气温约21度，年降水量约2000毫米，气候温暖，土地肥沃，物产丰富。

平海一名始于明代，因平海山而得名。这里先秦时为百越之地，秦汉至东晋隶属博罗县。南朝宋时属怀安县，隋以后一直隶属于归善县。明代在次始置平海守御千户所，同时兴建所城。清雍正十年（1732 年）改千户所为检司设区。1958年分惠阳县东部地区设惠东县，后又并回，1965年重新分置东县，平海从此改属惠东县。

注意事项：平海港口离平海镇尚有一小段距离，拟烧烤或野餐的驴子记得在镇上买齐食物。平海港口上无像样的旅馆，如想享受阳光与沙滩最好露营，要不就早点起床前往。

从深圳至平海驱车约两小时。

人面桃花歌声脆——广西北部花炮节之旅

花开人正欢，香气惹人醉；人醉舞宜轻，人恋成双对。
一江春水流，万树桃花缀。谁面似桃红？侗女歌声脆。

——楚天遥（侗族大歌）

很早就听过侗族大歌，那如天籁般浑然天成的和音，那浓浓的侗族风情，无一不吸引着我。是故这次去了富禄，参加三月三侗族花炮节。既然是去听侗族大歌，富禄的花炮节当然是重头戏，但沿途的美景又岂可错过呢？顺带把程阳风雨桥、融水的贝江也一并纳入行程之中。

风雨桥头雨如风

一路包车前行，首站就是程阳风雨桥，程阳寨在三江县城古宜镇北20公里，是侗族千户大寨。当那条无数次在明信片中看到过的风雨桥横亘在我面前的时候，我还是不由得被震住了。穿过风雨桥，去到桥的另一边，从一座侗族寨子的阳台上看过去，才发现庄重的风雨桥也有如此娇美的一面。竹叶婆娑的间隙中，碧绿田野的衬托下，风雨桥忽然年轻、妩媚起来。

桥上众多卖工艺品的侗族同胞，卖的手绣背包、褂子、鞋子手

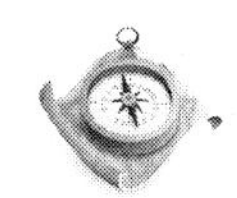

工与色彩都异常精美。还有上了年头的侗族手绣褂子、肚兜、尖翘的绣花鞋，同行的女生们一人买了一套，穿着它“招摇过市”。春末，小雨飘着，随着桂北温润如丝的微风，轻轻地吻向风雨桥，风中有雨，雨中有风，直教桥风雨相许。

花炮节里歌声脆

三月三，从程阳风雨桥去富禄路旁的江里，疾行着的是接载侗胞的机动船，如箭般分水前行。车子拐了几个弯，峰回路转，一片奇异的景象忽然出现在我们面前，但见路边如镜般明净的湖上，“长”着许多弯弯曲曲的古树，其造型之奇特，前所未见，其长势，直是匪夷所思，猜之在前，忽焉在后，衬着水中的倒影，几疑是宫崎峻漫画中的场景。树下，停着数艘竹篷小船，颇有“野渡无人舟自横”的野趣。水中怎么能长出如许大树？众人百思不得其解，后经来过的驴友解释才明白：原来这片湖是人工的水库，以前是没有水的，故生有这么多美丽的树木，后来建水库了，把树淹了一部分，才有了这种“水中树”的景象。

到了富禄镇，场面已经是热闹非凡，前面一列盛装的苗族、侗族女子（富禄镇附近苗、侗杂处），环佩叮当，再往里走就是富禄镇了，很原始的小镇，时光仿佛一下子倒流20年。

富禄小学的门口，围成两圈的是那吹芦笙的男人，他们穿上民族服装，同一圈的人向同一个方向摆动，内外两圈各向不同方向摇晃，声音原始而雄浑。

富禄花炮节上跳舞的小姑娘

好不容易才挤到河滩边的主会场，真是人山人海。花炮节同时也是侗胞们最大的集会，各种商品异彩纷呈，同去的女孩们大有收获，淘到了翘头绣花鞋。会场上最显眼的是三头染成艳粉红的猪——花炮夺得者的战利品。人真是太多了，好不容易才等到两点半赛前节目上演。我终于听到了念兹在兹的侗族大歌，虽然会场音响效果不好，侗女们的歌声还是远远传了出去，音调悠扬，唱和之间相得益彰，绕梁三日。富禄小学的小姑娘们表演的舞蹈《苗绣》也颇为精彩，其中两个可爱的小姑娘还教我跳她们的舞蹈呢。

花炮节，顾名思义，就是放花炮、抢花炮。花炮是一个直径五厘米的小铁圈，用红绿绒线装饰缠绕，将其置于铁炮顶端，待炮响后铁环由空中落地，众人就奋力抢夺，抢到花炮的人要一直冲到指定地点才算赢，途中任何人都可向花炮抢得者“下手”，谁最终保护花炮至指定地点谁就算赢了。其间机变百出，硬抢者有之，耍赖者有之，乘虚而入者有之，堪称一场东方橄榄球，许多人甚至赤膊上阵。等到汗流浃背的得奖者站在领奖台上的时候，我不得不佩服他怎么能够在众人的围攻下突围的。

沟滩寨上乐逍遥

“花炮英雄”成功地突围而出，我们也成功地从富禄转战到了

融水。我们包了游船游贝江。贝江清澈见底，两岸密布修竹，沟滩寨掩映于茂密的竹林中，羞答答地向世人展现她清丽的姿容。我们在该处靠岸，到寨子上观光。除了原始自然真正有人住的寨子外，那里还有歌舞表演，节目颇有野趣，有一场是四人分饰两头水牛，戴上牛头，像汉族舞狮一样，两头水牛互相争斗，首尾呼应，观者无不喝彩。苗女们婀娜多姿，跳的花伞舞等引得我们纷纷拍照。那里出售的工艺品也颇有特色，同伴们在那里买到了形状奇特的烟斗。

寨子半山腰上有一所很小的小学，只有两个教室，非常简陋，环境是颇艰苦的，可是孩子们活泼可爱，似乎一点都不觉得生活的困苦，围着我们有说有笑。我们买了一些文具等东西送给他们，他们的脸上顿时绽放出极其灿烂的笑容，让我们觉得，快乐原来如此简单。

离开了沟滩寨，我们顺流而下，到了一片水清沙细的河滩，杜鹃花开红艳艳，我们都醉倒在春天山花烂漫的怀抱中。看了一会儿

贝江春花

石头积水里的小游鱼，拍了一会儿杜鹃花，倦意袭来，我就这样和衣躺倒在细软的沙滩上，假寐去了。半梦半醒间，侗女们佗红的笑脸、醉人的歌声仿佛一直在萦绕，挥之不去。我想，有生之年，能与这一片山，这一片水，这一群人，狭路相逢，真是一件幸事，不管身在何处，可以梦回桂北，足矣。

特别提示

1. 花炮节的来历：花炮节是流行于广西三江、龙胜、融水和湖南通道等地侗、壮、苗、仫佬等少数民族的传统节日，各地节期不一，有正月初三，也有五月十五、二月初二等。以三江侗族自治县富禄花炮节最为热闹，主要活动是抢花炮。放花炮这天，附近村寨都组织抢炮队前来抢炮，每队有10到20人。花炮是用红绿绒线装饰的小铁环，将其置于铁炮顶端，待炮响后铁环由空中落地，参赛人员即奋力争抢，抢到花炮并送到指定地点即为优胜。花炮分头炮、二炮、三炮等，抢到花炮除得到一定的物质奖励，还意味着幸福吉祥。下次花炮节由头炮获得者组织，称为还炮。观看枪炮的各族群众数以万计，年轻人也借此机会交谊谈爱。花炮书原为还愿求嗣的民间宗教仪式，现已发展为群众性文体活动，并成全国少数民族体育运动会比赛项目。花炮节期间，还举行唱戏、赛芦笙、对歌、斗鸟等丰富多采的活动。

富禄乡由于乡内民族组成较复杂，民族民俗各具特色，民族民俗文化旅游资源主要分为三大部分：

（1）民族节日会期有闻名中外的具有119年历史的富禄“三月三”花炮节，及大顺12月16坡会、葛亮“三月二十三”花炮节和庙会、八百街“二月二”花炮节，岑旁正月初七坡会、青旗塘正月初八塘会、岑牙拉鼓坡会、培进新米节等，节日会期十分丰富。

（2）民族文化资源。全乡境内有39个自然村有吹芦笙的习惯，芦笙舞丰富多彩，主要分布在培进、龙奋、大顺等苗族村。

侗族是歌的民族，比较有名的是高安村、富禄村岑广屯的侗族大歌，匡里村的吹树叶伴奏情歌、岑旁村的酒歌和侗戏。

（3）人文景观和自然景观有葛亮的孔明城、雷公庙，高岩的鼓楼，大顺大闹山风景和响田梯田、仁里大年河风光。

2. 路线：深圳——广宁——阳朔——三江——程阳风雨桥——洋溪——富禄——融水——贝江。

A、三江县在桂湘黔交界处，程阳寨在县城古宜镇北20公里，是侗族千户大寨。

程阳永济桥，又称程阳桥、盘龙桥、程阳风雨桥，整座桥长77.6米，宽3.75米，高20米。当年的墨师、工匠不用绘图，不用制模，不用一钉一铆，全凭一把当地人称为“香杆”的木角尺，量量画画，敲凿锯打，大小条木，凿木相吻，以榫衔接。

B、融水：融水苗族自治县位于广西北部。公路至柳州118公里，至桂林市168公里，枝柳铁路穿过县城，可直达柳州、三江、怀化、张家界、襄樊等，水路可通柳州、梧洲、广州，交通十分便捷。

山清水秀、古迹繁多的融水已有两千年历史。明代地理学家、旅游家徐霞客曾在这里流连驻足13天，在《徐霞客游记》中为融水留下了一万多字的记载和一幅插图。

1987年已列为省区级风景区的元宝山——贝江（据说电影《闪闪的红星》就在那里拍的）。

3. 关于吃的：酸鱼、酸肉，每年8月至9月，侗族人会把吃不完的鲜肉鲜鱼腌起来，时间为3～5年，酸草鱼可腌制几十年，有贵宾来时拿出招待，味道十分特别。

坨坨饭，侗族人把糯米饭团成坨，用手抓饭吃。

打油茶，以糯米、茶油、茶叶制成。

4. 如果在非花炮节期间去富禄又想听侗族大歌的话，可以向当地人提出给一定的钱组织数人专门演唱。

黄山、庐山——软语温风，骊歌轻奏

婺源、宏村、西递村在文化上一脉相承，均属徽派建筑，其小桥流水、白墙黑瓦一派清雅的风貌吸引着越来越多的游客，已经由冷门线路发展为热点。黄山、庐山在地质、地貌上亦有其相似之处，均以清奇见称，这条线路集人文景观与自然景观于一体，劳逸适度，诚然是一周至十天出游的绝佳路线。

瓷都夕照，东游西荡

踏进江西北部，是在微雨的春天。

列车驶达景德镇时，我不禁问，梦想的延续，会是在这个灰蒙蒙的小城吗？

及至看到何培德，才惊觉满城的阴霾阳光灿烂。

在景德镇茶馆中荡着秋千般的椅子，晃着如画般的眼神，和何培德一起寻找过期《LONELY PLANET（孤独的行星）》中以鳝鱼闻名的“华源饭庄”，遍寻不获，在附近找了一家酒家，看着何培德“勇敢”地吃下他在美国从未尝试的奇怪的组织——肾（即爆炒腰花），大乐。

于是“向晚意闲适，驱车出古城”，去了景德镇边上的古窑，看了地垅、烧陶瓷的古作坊。夕阳下，通红的古窑仿佛有了些许的

神秘。其实所有的人文景观都要发挥无穷想象力方可体味其中的妙处。

陶瓷作坊

改弦易辙，转为包车去婺源，看了李坑的小桥流水，白墙黑瓦下，是淘米摘菜的平常人家，小孩子们在这片“活博物馆”般的村落里串来串去，玩着廉价的竹笼石子，老妇们摆开摊子晒药材、菜干。静悄悄的午后，村子里一切是那么的宁静而安详，只有我和何培德两个“非我族类”“怀着异心”在这里荡来荡去。

黄山遇雨，大抛绣球

婺源与黄山、西递村、宏村相距不远，遂辗转来到黄山脚下。先是去了那个据说是《卧虎藏龙》中周润发与章子怡竹海大战的拍摄地翡翠谷，竹子是有几根的，可是远没有电影中那么壮观，倒是一路上的石头与流水值得一看。

上黄山时，恰遇大雨，烟雨迷濛中的始信峰煞是迷人，就像一幅留白很多的水墨画，于是我们带着湿透的身躯在黄山上留连，直到雨停了在山上拍个够本方下山。

因为上学时老师的推荐，看过他拍的照片后念念不忘，我说服队友们包车去宏村和西递村，宏村

是那种建筑与自然的完美结合，优美而恬适，看了只想在此终老。

西递村的建筑风格与李坑的有些许相象，都是雕花木门，精致的细节，雪白的影壁，屋子里大多有一口天井，想是墙壁太高需要采光的缘故。靠近宗祠有一户大户人家，建得有小姐的绣楼，下面是平坦的村民聚集地。据说以前曾有小姐在那里抛绣球择婿，没想到古时崇尚程朱理学以贞节牌坊出名的皖南还有如此旖旎浪漫的一幕。

庐山恋曲，怅然结束

从皖南折返九江，是因为我想去庐山了，在九江绵软的江风中，我们到处寻找特色小吃，又跑去找当地最热闹的酒吧，看现场乐队的演出。

何培德因为要回国准备读研究生，留在网吧与他老爸老妈发邮件，我自己跑到庐山上去玩。于我，庐山是非常成熟的旅游路线，山上的路都很好走，青葱的群山让人不由自主地想起青葱岁月，名声在外的庐山景观还是有其可看性的，“无限风光在险峰”啊。

山顶有一个小镇，建筑颇有特色，还有“美庐”。据说是以前宋美龄盘桓的处所，最好玩的是有一个电影院，永远只放映一部电影——《庐山恋》，张瑜真可算是此处不落的明星了。

在庐山上走了一天下来，还是有些许累的，回到九江，触目平川，心头大悦。再看到何培德这小子带着一身的疲倦晃着一头的红卷发回来，异常欢喜。于是我们重归于好，仿佛忘了昨天的吵架。

这趟旅程就在满心的喜悦与淡淡的惆怅中结束，何培德是我在旅游中对的精灵，可惜他临时接到老爸的邮件要回国准备上学，我没有在对的时间内出现，我拿了一个美丽的时间沙漏，可是，贴错了日期的标签。

特别提示

1. 登黄山记得要趁天气好，抵达黄山时，只要看到是天晴，切记即时上山，宁可把其他旅游点的行程压后，因为黄山上365天倒有一半日子是下雨的，下雨山上很冷，且景观看不清楚，天气的好坏相对别的景点影响没那么大。

2. 在景德镇市内各酒店可定到小型面包车前往婺源，近的景点可即日来回。婺源的各村落其实风景风格类似，如时间有限，挑两三个有代表性的村庄参观即可。

谁道闲情抛掷久——深圳小辣甲岛游记

想飞的心情

早就听说小辣甲岛风景绝佳，蓝天白云、水清沙细、游鱼成群、物产丰富，差点没被形容成人间天堂，顿时闻者倾心，恨不得插上翅膀飞过去，是故领队一声令下，立刻收拾包裹，聚众呼啸而去。

因是下午一点半出发，打算到那里烧烤，车上堆满了大铝锅、各式烧烤食物、渔网、钳子等一大堆物资。一路上向东而行，到了杨梅坑，领队下令大家弃车登船，在镇上买了木炭、桶装矿泉水等补给物资，领队搭通天地线，嗫唇一啸，召来数艘“大飞”（快艇）。大家把所有杂物悉数搬上大飞后，依次坐定。大飞起航了，开始的时候还不觉什么，到了海中央，真的是蓝天白云，一碧万顷，海中间或点缀着数座葱茏的小岛，船头飞翔着各式海鸟，直叫人疑在《镜花缘》中随林之洋出海。这时“大飞”加速了，波峰浪谷间，我们随着“大飞”忽高忽低，间或向左、右倾侧，惊呼声中溅众人一脸水花，海风吹拂下，女孩们的长发随风飞扬。环顾同舟众人的表情，或咬牙切齿，或惊恐颤栗，或拈花微笑，或兴奋莫名。我恨不得波浪来得再大一些，颠得再剧烈一些，一边高叫着“好刺激啊——”，一边作势欲站，被队友死命拉住后，很遗憾地

放弃了与海鸥齐飞的机会。

谁道闲情抛掷久

前面出现大的岛屿了，看到沙滩了，正悻悻怎么那么快就到达时，“大飞”已然靠岸。我们选择一处平缓的沙滩扎营，然后就是烧饭。煮粥拌凉菜向来是不辞劳苦的阿玲的活儿。阿玲是我的好姐妹，我跟她打个招呼后就悄悄地开溜了，绕到岛的东侧。呵，不看不知道，一看吓一跳，深凹进去的一小片沙滩上，正好背阴，队友们三三两两铺了防潮垫在那儿睡觉。我也累了，且自逍遥没人管，找一风凉水冷背阴宝地倒头睡下。

也不知过了多久，阿玲跑过来说有很美味的青口吃，她叫“岛主”留了两斤。我们跟着她转过两个弯，眼前豁然开朗，在岛的这一边，沙滩格外长，搭着三两间茅屋，是“岛主”——岛上唯一的一户人家的住处。岛主的茅屋廊檐颇长，下面放着桌椅等物，还用木头搭了一张床，想必夏夜睡在此处颇为凉爽。我到的时候已经有不少队友在那里吃东西了。看到阿玲订的青口，色作碧青，有的外面还长着长毛（应该是海苔），就这样白灼了上桌，点少量酱油。啊，真是难得的美味啊！

小辣甲岛上的野生青口

茅屋檐廊的柱子下用三根麻绳吊着一张塑胶靠背椅。坐在这椅子上，晃晃悠悠，面朝大海，视野无比开阔，碧波荡漾，微风轻吹，惬意得顿时不知今夕何夕。

看海看够了，是时

小辣甲岛一景

候回大本营野餐了。

这时候炊烟袅袅，阿玲用东北大米煲的白粥已经散发出阵阵香气，队友适时地露了一手，炒了一个人人争着吃的大白菜，吃白粥就着凉拌青瓜和大白菜，大家都先来垫垫肚子。

好戏在后头，天擦黑，出海“捕捞作业”的人员归来了，他们从海边的礁石上敲下了一大堆形状各异的海螺，我们就地在沙堆上挖坑，把木炭放进去，点火，再铺上铁丝网，就成了天然的烧烤炉了。我们的采购物资还是挺齐全的，有肠仔、鸡翅、玉米、肉丸、土豆……烤起来香气四溢，再把海螺放上去烤。哇，真是从未尝过的美味。有一种三角螺，底部是圆的直径大概有五公分，尾部成圆锥形，烤起来肉脆脆的，特别香。

夜幕渐渐降临，酒足饭饱后，白天怕晒的女孩们纷纷下海游泳。不过小辣甲附近海底的礁石颇为锋利，下海时要特别小心，且是晚上，即使会游泳的都带上救生圈、浮板等物才敢游。游完泳后可到岛主家中沐浴，给几块钱就可冲热水澡。

等我们游泳沐浴完回来，新的一轮烧烤又开始了，夏夜的海岛露营，又怎少得了啤酒加宵夜呢？这一轮的渔获甚丰，下午布下的渔网，拉上来一些不知名的小鱼，约有半尺长，烤起来肉雪白喷香，还有螃蟹，虽然不大，烤熟后脆脆的，小的那些连壳一起吃。习习海风中，不少队友已经钻进帐篷里安歇，熊熊的火光映照着众人的脸，分外温暖。

一宵无话，第二天，众人起个大早。夏日的海岛，太阳直接照

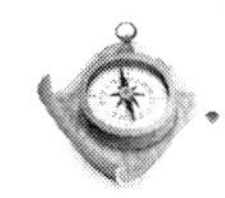

在帐篷上，那种燠热是最好的闹钟。

爱徒步的队友整装待发，要来个环岛游，爱浪漫的女孩多数沿着海滩在捡贝壳，爱悠闲的就找个背阴处拿着本书，对着大海边看边发呆。大家吃吃零食，聊聊天，很快就到了中午，到了我们拔营回深圳的时间了。

回去的路上，嗅着海洋特有的气息，在钢筋混凝土的森林中待久了，周末，到小辣甲岛重拾搁置了的闲情，诚一乐也。

特别提示

1. 线路：

小辣甲岛位于大亚湾中央列岛南部，从深圳出发，包车到杨梅坑（深圳东面，从南澳镇过去大约20分钟车程），再在镇上找“大飞”直接到岛上即可。如果人多的话最好去之前先打电话联系好“大飞”，以节省时间。

2. 注意事项：

本次露营属于休闲级别，一般人可以参加，但出海撒网潜水的同学就至少需要有游泳的本领。小辣甲的青口很多，具体长在离岛左侧大约100米的礁石上，有部分需要潜挖，所以出海的同学务必准备小军刀、潜水镜、救生衣或圈等。

休闲的人在海滨玩时的注意事项：

（1）在海滨游玩，最好戴墨镜以保护眼睛不受强烈日光侵害。

（2）别忘了带防晒油。

（3）到海滨游玩，不游泳实在是有点辜负了良辰美景，千万别忘了带游泳用具——泳衣、泳裤、泳帽、潜水镜、浴巾、沙滩鞋。

（4）一定要听从领队的指挥。

（5）下海抓螃蟹鱼虾时一定要穿防滑的胶鞋（没有的至少穿沙滩鞋），戴手套，不要去踩海胆海参，注意避开水母。

日落古城觅古风——西安游记

西安，那个落日余晖中的古城，残阳如血的晚风中，暮鼓晨钟有一天是不是也会变成沧海桑田呢？在这个充满历史感的古城里，一切仿佛都没有什么不可能。

五花马，千金裘，呼儿跪地倾美酒

我不知道西安的街道是否烟尘漫天，我待在那里的时候，倒是温暖湿润的，一副“客舍青青柳色新”的样子。濡湿的街道，路上并不悠闲的人群，这就是最初的西安印象。

我住在离鼓楼不远的老城区，出门走几步，就看到很出名的肉夹馍老店，偶尔买个来吃，倒也鲜腴。

然而出门前早就被人“循循善诱”去马家十字，找到一家据说是很出名的羊肉泡馍馆。汤是异常的鲜美，馍我是没有耐性掰的，汤倒是喝了个底朝天，马家十字，没有让我失望。

光有吃是不够的吧，于是去了钟楼、鼓楼，凝重厚重的城墙上长着一座典型的中国建筑，鼓楼进门处，摆着一列朱红大鼓，仿佛要进行一场长鼓舞，甚或，长安鼓点动地开，仿佛不小心敲了，就会引发大事件似的。在太阳的照耀下，那种眩目的红，愈发成为一种可望而不可即的引诱。

鼓楼街是比马家十字更著名的小吃街。很多回民食店，我跑进一分利，随便叫了点什么，东西是相当便宜，然而个人觉得味道不过如此。在太阳快要下山的时候去钟楼，那一抹天空中的蓝紫，配上大殿檐角的风铃、充满形式感的大钟，我忽然觉得，时光从来没有流逝过，西安忽然回到长安时的样子，骑着五花马、穿着千金裘的少年，忽然就从街角冲了出来，呼儿跪地倾美酒。

这里，就是杨贵妃回眸一笑百媚生的地方？这里，曾上演着怎样的恩怨情仇？当晨钟暮鼓轰然敲响的时候，回望广场，“格子棋盘”上的众生，营营役役地各忙各的，一切的一切，恍如隔世。

 车辚辚，马萧萧，陶俑弓箭各在腰

来到西安古城，怎么能不看兵马俑呢？西安的交通还是方便的，我轻易就打听到了去兵马俑的公共汽车，乘客并不多，晃晃荡荡就到了兵马俑。

西安兵马俑

长方型的土坑里，排列着一队队的

陶俑，真人一样高，表情相当生动，或翘须，或瞪眼，手按剑柄或是策马扬鞭，更有的手执长戟，整装待发。那些陶俑长得都很特别，多数是长脸，高颧，凤眼，两眼之间的距离分得很开，时至今日，仍有人是长成这个样子的，我们说，这叫长得“很有古风”。

兵马俑博物馆有好多个坑，各个坑里的陶俑虽然有点大同小异，然而细看却各不相同，有的坑里不光有陶俑，还有很多匹马拉的马车、车上有华盖，一副“车辚辚，马萧萧，行人弓箭各在腰”的样子。我想，热血男儿们来到此处，一定后悔自己晚生了几千年。

城墙外，古道边，但见芳草碧连天

既为古城，古迹必多。我是喜欢古城的城墙的，跑到东城外的古城墙去怀古。灰色参天的城墙下，兵马之声隐约可闻，不知多少战事曾在此处发生，时移世易，血迹早已不见，剩下的，只有庄严肃穆，站在城头，不觉生“前不见古人，后不见来者，念天地之悠悠，独沧然而涕下”之感。倘若陈子昂光临此处，不知又会写出什么千古绝句了。

仰视城墙上的排水沟，杂草丛生，于大气中隐现丝丝生活气息，原来，古人是这样排水的！

城墙外，古道边，芳草碧连天。我在城墙外不远处，发现一朵球状浅紫的野花，为岭南各处皆无。原来，到处都有微风中的野花，在自由自在天真烂漫与世无争地盛开，哪怕是在腥风血雨的古战

场上。

盛夏的西安天高云淡，不下雨的时候，那种湛蓝，无法用言语来形容，只好套用一句俗话：就像婴儿的眼睛，她在从容不迫地注视着路上的行人，历史与时空的变幻中，悠悠淡定，处变不惊。

特别提示

1. 西安的地方特产有羊肉泡馍、肉夹馍、腊羊肉、葫芦头、五毒马甲等，五毒马甲是西安最具特色的服装。其周边地区的特产有户县农民画、剪纸等；还有一种油茶冲剂，喝下去很有饱腹感，但个人觉得饱则饱矣，浓则浓矣，不够精细，仿如粗粮。

2. 西安属暖温带半湿润季风气候区，到此旅游请携带雨具。

厦门游记

不敢来入诗的，来入梦

熹微的晨光中，踏上鼓浪屿的一刹那，仿佛来到宫崎峻的动画片《魔女宅急便》中的场景，爬满青藤的围墙，狭窄的石板路，古老的大榕树，临海的大石头，形状各异的别墅……再配上叮咚的琴声，我恨不得登上热气球来个环岛游。即使没有热气球，给我一把巫婆用的黑扫帚也好啊，骑上黑扫帚，“忽”的一声在小岛上空盘旋……

“你在想什么呢？眼珠都直了？”身边陈慧敏的话让我清醒过来，“呃，我在想……我是坠落凡间的天使。”“就你那魂不守舍的样子像天使？我看像巫婆差不多。”陈慧敏怪笑，她果然是我的知已，一语道破我的心事。

早晨的空气非常清甜，我们很快就围着鼓浪屿绕了小半圈。我忽然想起，鼓浪屿上，住着以朦胧诗闻名的舒婷。日前，看汪曾

祺的文章，他提到舒婷婚后要照料公婆、父亲和小孩，写作环境逼仄，写作数量锐减了，不无怜惜。今天在网上搜索到别人写的舒婷访问稿，倒觉得，她是甘心的，她做着这些杂事与家务，可是她愿意，她快乐，她喜欢。

鼓浪屿上的小路

如此浪漫、美丽、幽静的鼓浪屿上住着久负盛名的女诗人，真是相得益彰的一件事情，不敢贸然登门拜访，且让我摘录几句我很喜欢的新诗聊表对女诗人的敬意吧：

不敢来入诗的，来入梦，梦是一条丝，穿梭那，不可能的相逢。

奇食同享，素衣同赏

在鼓浪屿上转了大半天，胡思乱想了大半天，身心都累了，于是，我们转战中山公园。其实，一个城市里的普通公园是没有什么好玩的，吸引我们的，是它旁边的——土笋冻！土笋冻是厦门相当有特色的小吃，滑溜溜，果冻状，里面有些不明物体，配上酱油、香菜、芥辣、酸萝卜，吃起来又有弹性，又滑，味道清新又特别。旁边好奇心强的姐妹一直问我土笋冻是什么做成的，为免观看她们昨晚进食的食物，我坚决不招，后来耐不住众姐妹威逼利诱，只好告诉她们土笋冻是由沙虫——长在沙里酷似蚯蚓的东西做成的，姐妹们连呼上当，停着不吃了。我可是得其所哉，嚼完数碟土笋冻，又叫来一大碟章鱼冻，与美食决战到底。

吃饱喝足，我们来到了厦门大学。厦大素以风景优美著称，不过我们今天的目的地是厦大的招待所，居然有四人房，刚好满足我们。房间蛮干净，也有淋浴间，奔波了一整天，我们都几乎一挨枕头就睡着了。

第二天一早起来，出发去南普陀之前，我在厦大附近的一条街淘到了两件很好看的衣服，厦门附近有很多服装厂，厦大附近的这条街里卖的衣服都很有品味，还便宜，算是此行的意外收获。

无远弗届，阿弥陀佛

到了南普陀，才知道什么叫香火鼎盛，闽南人原就尚佛，南普陀名声在外，天气又好，来来往往的善男信女多如过江之鲫，香雾缭绕，我恭恭敬敬地给佛祖上了一柱香。

出得南普陀，大门外有一个相当大的池子，池中养的并非别物，正是俗称“王八”的家伙。许是闽人喜其长寿吧，池子里大王八、中王八、小王八不计其数，大小王八们还叠起了罗汉，叫人叹为观止。那边厢，王八妈妈在前带着一个比一个小的王八在逶迤前行，真是摩登搞笑的王八一家。

南普陀就在厦门大学的旁边，游完南普陀后我们顺便在厦大逛了一下，然后就跑到厦大校门的对面租了单车沿着海边单车径踩了起来。只是我的车技一般，过马路的时候，刚好碰上前面单车道的突起，右面又有大客车追来，我一紧张，整个人磕在地上，膝关节奇疼，心想这下完了，肯定皮破血流了，察看之下却完好无损，原

来是军绿色的厚长裤救了我一命，可惜该长裤在露营时被我大意遗失，至今念念不忘。

厦门是清丽而婉约的，又是温柔悲悯的，对我这个远道而来自称“车技出众”的小女子眷顾有加，虽然让我摔了一跤，却喜没有留下“罪证”，使我未致“一世英名，付诸流水”，许是因为南普陀无边的佛法影响的结果吧，阿弥陀佛。

特别提示

1. 到厦门不可不吃土笋冻，最地道的土笋冻在中山公园西门外的小铺，那里的章鱼冻（不是和土笋冻一样的果冻状，此款“卖相”为原始状态）亦甚味美，个人认为比土笋冻更好吃。

2. 住宿地点推荐：鼓浪屿上80元一间带海景的标准房，岛上环境优美，逛岛的同时留意一下顺便讲讲价，要发现此种房间并不难，岛上有不少旅馆。如想住在市内则推荐厦门大学内的招待所，约100元一间，房价便宜，干净，环境亦佳，出行方便，靠近南普陀。

越王山攀岩、探秘记——广东紫金越王山游记节

越王山位于紫金县古竹镇东江河畔，方圆两平方公里，属丹霞地貌，险峻而雄浑。

相传越王山是因西汉南越王赵佗面壁铭志称王而得名，荒草中的古迹、山脚下的木桥、两山之间的夹道，让人流连。而其中的特色项目攀岩更是恃天险而傲群山。

 壁立千仞，壁虎游墙

越王山攀岩处

有句话叫“行家一出手，就知有没有”。在酷爱云游天下的人眼里，这个也是可以形容山水的。当我抵达越王山脚下的时候就知道，今天的旅程不会让我失望。山是陡峭地拔地而起，水是温柔地清澈一泓，更有那“红掌拨清波”的鸭子在那里悠悠地戏水。

吃完午饭，走过一道弯弯曲曲的栈桥，来到了越王山的攀岩所在地。据说，这里将建成广东最

大的攀岩基地。

红色的山体，典型的丹霞地貌，壁立千仞。攀岩前，先来个热身，穿上特制的保护腰带，腰间系上沉甸甸的挂钩，再把一条登山绳从腿间穿过，抓在教练的手中，就可以攀爬了。男生们普遍爬得较快，女生也不赖，只是有一两个爬了两步就且回眸，且拍照，看得我心惊肉跳，还好她们爬到半中间略微歇息后就一鼓作气爬上去了。

“看人挑担不吃力”，轮到我的时候方发觉，要攀上去挺不容易。首先，我不是赵飞燕式可作掌上舞的羽量级人物，其次，我臂力既无，腿劲又差，爬到一半只好叫妈妈。但人生许多时候是没有回头路可走的，哪怕是一次貌似可有可无的攀岩，我虽不才，深知这一点——在不上不下的间隙，下去比攀上去费的力气还要大，况且那么多人在等着我，总不能因我连累了大伙吧，于是使出吃奶的力气，终于爬到顶了……实为全队之“冠”——倒数的。

从攀岩处抬着灌了铅的双腿走向越王山各精彩处。整块的鲜红的岩壁，比我在新疆看到的五色山还要美艳、平整、大气，大巧不工。

徒步寻幽，陡然知返

一行人左穿右插，徒步在长满芒草的荒野——越王山才开发不久，还是颇有野趣的。我们专挑人迹稀少的地方走，没多久，就看到一处古时的点将台——却有那断壁残垣，在夕阳下温暖、朴实

地悄然屹立。青灰色的砖块垒在一起，很明显地带着古时军用工事的残迹，低调地诉说着甘于寂寞的沧桑——已然是笑看风云过，春梦了无痕了。

这时候，前面开路的人传下号令：一律向后转，最后一个打头阵，队头作队尾，调头，转向，原路返回。原来前面带头的人看着路越来越荒，杳无人迹，担心跟大部队失去联络，或迷路，决定返回。

现代与荒芜同舞

折回来后，兜兜转转，沿着长满青苔的大岩石夹着的木楼梯，蜿蜒揽胜，虽然是冬天，仍可感受到丝丝绿意与凉意，在夏季，想必这里是很好的避暑胜地。

攀完岩，再在山间行走，其实是颇有一点倦意的。然而，有南国温暖的冬天，晴空万里，在外走走，这种心旷神怡早已冲淡了倦意。

继而放慢脚步，踱到前面一片林子前，只见上面钉着一个招牌，写着四个蓝字，一看，是“八心万人”，什么叫“八心万人”呢？我百思不得其解，走近了细看，原来是“小心防火”，因为年久失修，字迹脱落，变成了“八心万人”了，真让人既好气又好笑。

穿过那个贻笑大方的牌子，一路前行，不觉到了一个三岔路口，往前走是原来走过的路，往下走是下山。就在我们差点下山的一刻，同伴“悬崖勒马”，她之前来过一次，觉得应该是原路走才对，这时后面不少游人跟了过来，我们再一打听，果然是走原路下山是捷径。

这次的旅程，真是兴奋又惆怅。兴奋的是挑战了自己，汗水与笑声齐飞，现代与荒芜同舞；惆怅的是天黑得太快了。只有多元化

的地方才能留住我的心，这个紫金的越王山就是，它是休闲与挑战的矛盾的统一，让我无法忘怀。

特别提示

1. 攀岩时，缘壁而上的绳子颇有弹性，开始的时候，切记要把绳子先拉一段时间，直至它完全抻直才开始攀，不然身体会在刚开始攀岩时无法掌握平衡，在岩壁上左右摇摆。

2. 如果手上戴有手镯、手链、戒指等物，最好摘下来后再攀岩，尤其是戒指。因要缘壁而上，全身的重量均落在手臂和脚掌上，且手指要紧抓绳子上行。这时，手指会因用力、发热而膨胀，你就会觉得戒指挟着手指非常难受，且影响血脉运行。

在梧州怀旧，在封开穿梭——广西梧州、广东封开游记

封开、梧州，一在粤西，一在桂东，连环相接，一脉相承。在封开，有被评为“天下第一石”的大斑石，有峻峭奇逸的千层峰，梧州则有成片的骑楼群，于是，我们这次的路线顺理成章地定为：深圳——肇庆——封开——梧州，行程是两天。

为了第二天的悠闲舒适，我们决定第一天先从梧州开始。

 梧州的骑楼群，街边的龟苓膏

梧州带骑楼的旧街

出深圳，上高速，不过数小时即抵肇庆。午餐过后，再疾驰几个小时，到了当天的目的地梧州。犹记《苍梧谣》：天，休使圆蟾照客眠，人何在，桂影自婵娟。这是我自小熟读的一阕十六字令，为何叫苍梧谣，想来跟梧州是脱不了干系的，也许当时梧州的民歌好作此声？

现下的梧州，已经没有了那首苍梧谣中的凄清景象，街景秩序井

然。最是那骑楼街，颇有岭南风情。骑楼较精确的定义是：“一个有人可以活动的悬空空间。”在这个伸出街外的空间里，人们可以遮风挡雨、穿梭来去，小孩子们可以在这里打弹子、跳橡皮筋，当然，我这是指我们小时候。现在的骑楼商业气息已经很重了。

梧州的骑楼还是颇具规模的，连成一片，颇为壮观，有旧时老广州、老赤坎（广东开平旧县城，以骑楼、碉楼闻名）的怀旧感觉。太阳斜射的午后，空气中仿佛有金色的尘埃在跳舞，骑楼外，是各式小商贩，卖菱角的、卖芋头的、卖木薯的、骑三轮车的……梧州的龟苓膏是很出名的。远道而来，是一定要尝的！

小得不能再小的店里，我叫了加椰浆的龟苓膏，果然清凉软滑，与深圳吃到的不同。

走出小店几步，就看到一个更小的档口，卖着炒螺和炒河蚌。河蚌在都市里绝迹很久了，遂买了一个来吃，味道还是像小时候吃到的那样鲜美。

池塘的干荷叶，溶洞的大石鼓

在梧州游玩，天快擦黑时，驱车去封开。封开的杏花鸡与晾竿粉很有特色，尤其是那个晾竿粉，是用糯米粉做的，这边的水也很好，简简单单点葱头豉油就已经很好吃了。

第二天一早，步行去餐厅，在住处的外面，看到半亩池塘，养着荷花无数，已干枯，一枝枝褐色的荷梗顶着垂头丧气的荷叶，仿佛“独脚鬼戴逍遥巾”。如果再落上几串雨滴，淅淅沥沥中，也颇有韵味的吧？这池荷花，仿佛专为留得残荷听雨声。

早餐后，去黄岩洞，封开以前号称小桂林，当然是遍布喀斯特地形的，黄岩洞是封开境内比较大的溶洞，现在是干季，不像湿季那样到处滴水，洞里空气尚可。普天下的溶洞都是钟乳、石瀑等组成的，此溶洞另有一妙处——那里有一个石鼓，天然生就，用布袋

拍打，即轰然作响，很是有趣。黄岩洞外休息的间隙，半山腰上望出去，青青的山，无边的田野，仿佛也有几分田园风味。

峻峭的千层峰，傲岸的大斑石

溶洞过去没多远，就是以砂页岩地貌闻名的千层峰，一层一层的红色岩体，直叠上山顶，岩上长着绿树数片，颇有几分张家界的神韵。

千层峰

千层峰附近的奇松，苍劲虬结，形状特异，像那个《风尘三侠》中的虬髯客，义气而顽强地、千载不变地盘在那里。

离开千层峰没多久，就看到那个所谓“天下第一石”的大斑石了。大斑石是浑然天成的花岗石，独石成山，扁圆形，横亘在路旁，头上长着一圈植物，恍如戴上了绿帽子。

大斑石

对着大斑石仔细端详，我发现，应该只有用偏光镜才能把它照得好看——它身上的颜色太暗了，发灰，天色又不太好。可是同行众人均无此装备，于是作罢。

梧州充满怀旧气息的骑楼、封开峭然直立的千层峰、傲岸特异的大斑石，都使这趟

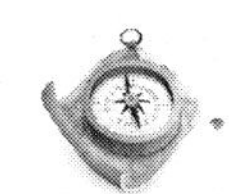

旅程充满奇妙色彩，各种不一样的景观如此自然而又个性各异地交织在一起，是一次视觉、感观的混杂而相配。周末，跑一趟封开、梧州吧，你会发觉：披一身愉悦，带两袖精彩。

特别提示

1. 在封开可买当地产的柑子，清新、多汁、有柑味。当地产的红薯和柿饼也是一绝，尤其是红薯，一块钱一斤，个头不大可是清甜，绝对的绿色食品。

2. 周末，梧州、封开两天游路线较长，如果是自驾的话最好有人轮换着开，为安全起见，最好别开夜车。

没有驴子的黔东南

黔者，贵州也，从小我们是读着《黔之驴》长大的，这次走黔东南，并没有发现驴子，倒是看到了黔马、黔寨。对，就是那个传说中的岜沙寨子。岜沙是个奇特，充满久远历史的苗家村寨，这里的苗族乡民依然保持着本民族传统的风貌，保留着明清时期的生活习俗和服装服饰，走进岜沙犹如置身于远古的原始部落，时光倒流数百年，岜沙男人的发髻也是迄今为止在中国所能见到的最古老的男性发式。甚至有的岜沙苗人还手持传统猎枪，一不小心，你就会迎面碰上长衣短髻的“火枪手”。

群山密布，旅途艰险

从凤凰去黔东南的路途还是相当艰苦的，路相当不好走，尤其是我走的这条“黎平——从江线”。我们先是坐车到了靖州，到达靖州的时候，已经晚上十一点多了。匆匆找宾馆住下，第二天十二点多坐上了从靖州发往黎平的车子。

一路上，车子相当“人性化”，司机不时与上下车的乘客聊聊天，每上一个乘客都耽搁一会儿，仿佛全车的人都是司机的亲戚。到了半站中途，还停下来给车上的特别乘客——鸭子喝点水，冲个澡，如此走走停停，到达黎平后居然赶上了前往从江的大巴，也算

是奇迹。

这一趟，山更青，水更蓝，两边密密匝匝都是遮天蔽日青螺状的群山，郁郁葱葱。

不过路是更糟糕了，还上来一伙骗子，上演《疯狂的石头》真人版，骗去了两个老农民每人500元钱，不忍卒睹而又无可奈何。车子走到半路，遇上修路，在这么偏僻的地方居然塞车，到最后，八十公里走了八个小时，等我们到达从江的时候，已经是夜深人静了。

一个城镇，只要有水，就有了灵魂，从江县城虽然不大，胜在有一条江蜿蜒而过，倒也顿感灵气。这么晚，是没有办法指望有什么美食了，好不容易找到一个还在营业的烧烤摊档坐了下来。这里的烧烤倒是颇有特色，仿佛天下可吃的东西都可用来烤。奇怪的东西有：成串的鸡屁股、猪腰、猪粉肠。

疲惫的旅人常不爱计较食物的好坏，于是各样奇怪的东西都来一点，居然吃得十分香甜。

大寨梯田，梅酒鲤鱼

第二天一早，打车去岜沙寨子。岜沙寨子离从江县城不远，二十多分钟就到了。虽说是原生态的寨子，刚进寨门还是有一点旅游景点的痕迹。

我们在路旁的一家餐厅订了一斤杨梅酒，嘱咐主人家放到冰箱里冰着，我们就沿着石阶下去看寨子了。

大寨果然是原生态的，有的门前晾着染过的布匹，如一个个用过的括弧，无事一身轻地吊在那里。

再往下走一点，还有高高的晾架，早上的太阳照射下，地上的影子仿佛也在呼应，尽显着岁月静好。

再往下走，拐角处，住着一户人家，主人家的孩子四五岁的样

子，在水龙头下用脚踩着衣服，明净得像天空一样的眼睛里有着一丝害羞和乍见生人的兴奋，她的妈妈从门里走了出来，穿着当地特有的五彩肚兜、黑大褂、百折裙，倒也构成了一幅自然和谐的母女相悦图。

转过身去，望向另一边，是层层的梯田，绿意盎然。说起绿，贵州的山真不是一般的绿，即使在路上，也可看到山上密匝匝的树，密匝匝都是原始森林。寨子的绿又是另外一种了，是温暖的，散乱的，错落有致的，与寨子交相辉映、唇齿相依的那一种。

 男生带枪，女孩梳髻

逛完一圈寨子回来，杨梅酒已经冰好了，嫣红色，散发着诱人的清爽香气。去岜沙的时候，正好是八月底，苗人一向有插秧时把鲤鱼苗放到田里，收割稻子时顺便收获鲤鱼的习惯，我们正好赶上了趟，于是，叫了这种据说是苗寨特有的禾田鲤鱼。

等上菜的当儿，餐厅因就在大路旁，来了许多可爱的小女孩子，倚在门边，一径冲着我们笑。女孩子们穿的衣服也像约好了似的，镶边黑外套，彩色领口、彩色下摆的肚兜，她们的民族服装真是统一，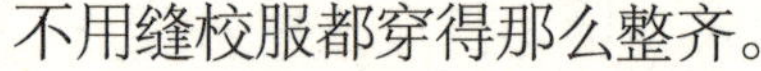不用缝校服都穿得那么整齐。

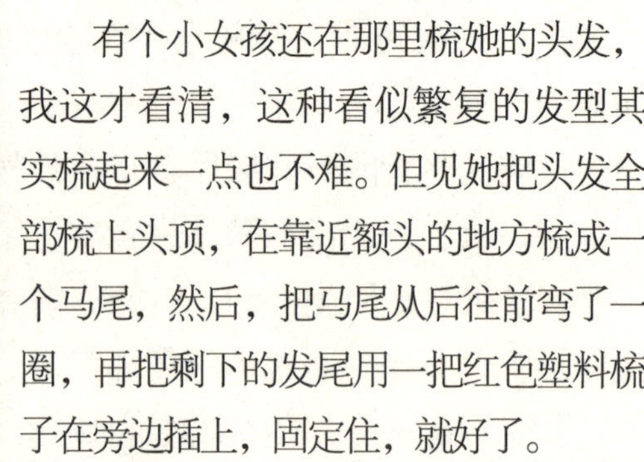

有个小女孩还在那里梳她的头发，我这才看清，这种看似繁复的发型其实梳起来一点也不难。但见她把头发全部梳上头顶，在靠近额头的地方梳成一个马尾，然后，把马尾从后往前弯了一圈，再把剩下的发尾用一把红色塑料梳子在旁边插上，固定住，就好了。

闲极无聊，我与同伴在那儿嬉闹，小姑娘们有样学样，也在那里嬉

笑打闹。我看得有趣，忍不住走上前去摘下手上的紫水晶手链送给她们。可惜手链只有一条，小姑娘倒有四个，她们面面相觑，我也是爱莫能助了。

时近正午，出去的人渐渐回来了，归人中，有一个十几岁的小男生，拿着乌黑锃亮的猎枪，头上缠着毛巾，身穿侧襟铜扣黑衣，腰系绣花腰包，下穿黑色阔脚裤，那个样子真是有趣极了。

黔东南的旅程是曲折而原始的，还有着那么一点冒险的意味，那些湿润葱郁连绵不绝的群山，青螺状密布。寨子古朴，原住民服饰特异，处处都使这趟旅程充满神秘感。我想，如果你喜欢猎奇，心怀古风的话，不妨到这里走一趟吧，也许，这里有着当时的日月，曾照彩云归。

特别提示

1. 本文标题为《没有驴子的黔东南》，一是实指四蹄着地的驴子，另一层意思是指独自背包上路的旅游发烧友。确实，黔东南虽然也名声在外，但我们在路上碰上的驴子少得可怜，而当地民风剽悍，驴友适宜预先约好再走这条线，万勿寄希望于路上再约伴。

2. 黔东南线其实有两条分枝，虽然最终殊途同归，都是要回到凯里的，但是，如果从凤凰走的话，可以走镇远、舞阳河，再到凯里、西江千户苗寨。也可以走我在文中说的那条线，经靖州或是通道，过黎平，到从江，走岜沙，还可到小黄去听侗族大歌。镇远那条线有铁路经过，相对来说比较成熟比较容易走。

3. 走凤凰、靖州、从江、岜沙、凯里线车费单程合共约200元，住宿标间80至100元，餐费便宜的话每天20元，想吃到当地特色食品每人每天50元即可。

湘西沈从文故里——鲜艳的凤凰

沱江边的吊脚楼像玉米粒一样整齐排列着，莹莹碧水，温润地流淌。刚一抵达，我便想：倘使不是因为沈从文，我这辈子都不会来到这个湘西小城的吧！

江边一排楼，万户捣衣声

还是有惊喜的，纵使这惊喜来得有点勉强。毕竟，我没有在小河边的吊脚楼住过，毕竟，我没有看到过这样隔河相望整齐的一大片。

住在江边的吊脚楼里，推开窗户，外面就是貌似清浅的沱江，对岸是依依垂柳，那温婉的柳树下，有人在“啪啪”地用木板捶打着衣服。万户捣衣声，不是在边塞，不是在长安，而是在湘西的这个小城，我听到了。

对岸当然也是整齐的一排吊脚楼，已被改装，一式客栈、商店或是酒吧。这个地方的“杨柳岸晓风残月”是不是也会被染上浓浓的商业味儿呢？至少，边城里翠翠撑船的渡口是不复见了，沈从文小时候眼中的凤凰也已不复见了。商业化也没什么不好，至少可以随意在重修的古意中吃喝玩乐，倒也琳琅满目、悠闲自在。

跳岩放河灯，虹桥诉衷肠

凤凰城虽小，还是有纵有横，有经有纬的，那纬线，就是夹岸的两排吊脚楼，那经线，就是跳岩和虹桥了。

跳岩的一块一块的花岗岩石，间歇性地排列。这是一道似桥非桥的风景，人们走过是要用跳的，故名。人们都很想体验一下当跳脚麻雀的乐趣吧，于是跳岩从早到晚游人如织，直至深夜，仍有人在放河灯。那河灯是折成一朵朵莲花状的，各种颜色，有的还组拼成并蒂莲状、双心状、小船状，顺流而下，满载着人们的心愿，在小河里影影绰绰地眨着眼睛。

虹桥与跳岩遥相呼应，在河的那一头，桥身是暗红色，低调地轻诉着曾经辉煌的岁月。三个长满野草的桥孔，承托着中国传统式的建筑，双层，带飞檐，还是蛮独特的，为别处所无。

跳岩河灯

晚上的凤凰似乎比白天更热闹，到处都是红灯笼。青石酒吧门前放着一溜垫子，人们坐在那里边喝酒边看游人、看沱江、看对面的吊脚楼，江风阵阵吹来，不知今夕何夕。

山江淘宝贝，凤凰真鲜艳

在凤凰城里待时间长了，也许是静极思动吧，我们决定抽空去了周边的山江赶集。山江集市凌乱不堪，相当落后。有特色的土产

也不是太多，但我们在集市看到一户人家的建筑相当有特色，整块木头雕出来的精美的窗花，杉木做的外墙，连薰腊肉的灶台都在显示着这户人家曾经的殷实，也算不虚此行。

山江以它的银饰和民族服饰闻名，说实在的，只有一条很小的街，但我侥幸淘到了一顶漂亮的绣花的小孩帽子，红色，绣工精美，同行的友人一致赞赏，还是值得收藏的，算是此行的一大收获吧。

凤凰城里原来旧有的双层吊脚楼早已拆毁，现在我们看到的都是重新翻建的，打了地基，风格统一，一式复古。凤凰城还是有美感的，漫步在保持原样的虹桥与上了年头的跳岩上，还是相当惬意的。在那片似是而非的吊脚楼里流连，也不虚此行。来到凤凰，才领略到“难得糊涂、不求甚解”是旅途中的金科玉律，我是信奉这八字真言的，我的凤凰之行，没有遗憾。

特别提示

1. 从深圳可坐N706次火车到怀化，下午五点出发，在罗湖火车总站，中铺票价364元。到怀化后，坐两个多小时汽车即可到凤凰。亦可坐到吉首再转车，但据闻到吉首的火车比较破旧，不太舒服，且吉首到凤凰的道路不太好走，推荐坐到怀化的。在凤凰的住宿强烈推荐临江的吊脚楼，推窗见沱江的那种，有阳台更佳，淡季标准房50至80元。

2. 凤凰的饮食颇有特点，强烈推荐吃那里一块钱一碗的冰凉粉，通体透明，如凝脂，加红糖、芝麻，口感相当不错，为消暑佳品。菜式则推荐著名的大使餐馆的血粑鸭。大使餐馆就在虹桥旁边，很容易找到，的士司机及当地人都知道。当地野菜鸭脚板味道苦涩，个人认为不值得尝试。边城小厨（原黑仔餐馆）的酸菜鱼不错，强烈推荐，尤其适合口味清淡一族。

3. 酒吧推荐青石酒吧和骆驼酒吧。青石酒吧的酒水为整个凤凰古城里最便宜的，骆驼酒吧门前有一大片空地，有很舒适的躺椅。

那一道眼睛与嘴巴的盛宴——山西美食游记

行游美食之于我一样不可或缺，也密不可分。这一趟，我走了燕赵悲歌之地，游了秦晋交界之城。行程是松散而慵懒的，唯风格各异的美景与美食，斯时，斯人，都让我觉得不虚此行。

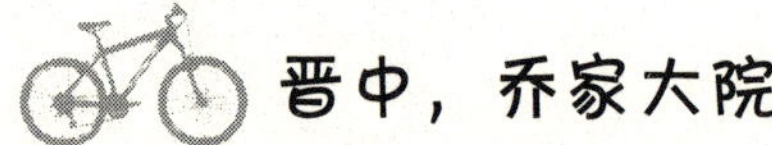

晋中，乔家大院

山西是一个相当迷幻的省份，我只不过走了晋中、晋西、晋北，就觉得恍如一省有四国，十里不同天，相距不远的山西各地，其自然景观、人文景观乃至食物，是那么的不同。

来山西，第一站免不了是到太原的，我们住在太原南郊的康庄森林度假村（那里草木扶疏，庭院深深），但为了美食，还是不辞劳苦地从南郊跑到市中心去品尝传说中的生牛肉。在当地开网吧的好友来接我们，她也是吃喝玩乐的行家，一径把我们引到当地著名的友谊肥牛餐厅，该餐厅一看就是对牛肉烹饪颇有独到心得、颇为讲究的。在门前，他们挂了大大的灯箱，一个是对该餐厅所用牛肉的说明，另外一个就是牛肉分切部位图。该餐厅所用的牛肉均是我国著名的秦川牛、鲁西黄牛、西门塔尔等优良品种，朋友说她常来这里吃生牛肉，于是我也迫不急待地要尝一尝生牛肉的味道。

我们点的火锅很快就端上来了，牛肉是只两边镶白边的较瘦肥

乔家大院

牛，烫了，蘸了芝麻酱就往嘴里送，真正入口即化，牛肉味香浓得不得了。终于，今晚的主角儿出场了，金色的日式刺身船，船上铺满了冰块，再上面，就是一层层嫣红色的生牛肉了。卖相相当诱人，但说到底，我长这么大还没吃过生牛肉，下箸前不免惴惴。友人仿佛看透了我的心思，她率先夹了一大块生牛肉，蘸了酱油、芥辣就往嘴里送，一副很享受的样子。我也经受不住诱惑，夹了一块，咦，一点都没有想象中的生牛肉的膻味，新鲜牛肉混和着酱油和芥辣，鲜美异常。人是怕比较的，有了牛肉刺身，之前相当得宠的肥牛火锅立刻备受冷落，我们风卷残云般地把一个肥牛刺身吃完后，才慢条斯理地把剩下的菠菜面和青菜放到肥牛火锅里。这一顿肥牛宴直吃得我神思恍惚。我真怕回来后抵挡不住肥牛的香味再次买机票飞到太原，只为那块肉的温柔。

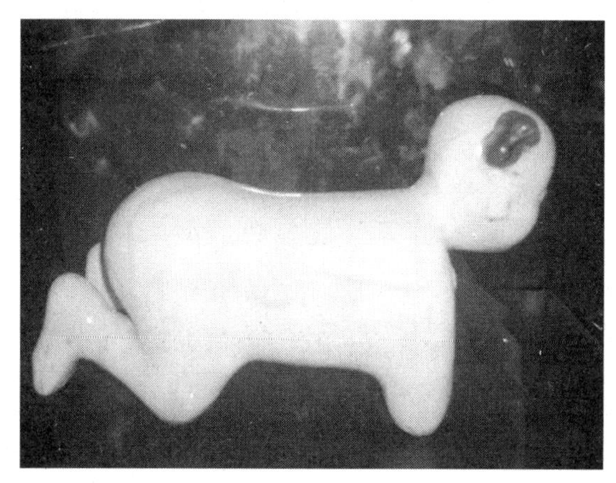

古代可灌热水的瓷枕

第二天一早，我们直奔乔家大院。

乔家大院因为《大红灯笼高高挂》、《乔家大院》等电影、电视剧在此拍摄而闻名。还未到乔家大院，在路上，就已见一灰色城楼，倒也气势不凡。

平遥古建筑

大院和电影、电视中看过一千次的一样，灰色的墙，灰色的院落，配上红灯笼，庄重又妩媚。从下往上看，参差的檐顶配着一角蓝天，那时候的女子，想必也这样望过，也渴望能有这一角的自由罢？

凡是大家世宅，其砖雕、木雕必有其看头的，乔家大院也不例外，但我最感兴趣的还不是这个，而是那一个半侧娃娃状的瓷枕，可以在冬天，把热水从屁股灌入，达到冬暖夏凉的效果。这才是大富人家的气派与让人钦羡的地方。

乔家大院离平遥古城不远，且在同一条路上，看过乔家大院后，我们就转战平遥古城了。平遥古城，连片的古建筑，每一个宅院、票号都是庭院深深，夕阳的光影涂抹下，地上的影子仿佛很明清。逛到传说中的南门，那里有着近乎完美的城楼与门洞，在残阳的照射下，孤树与城池，使最不感性的人都沧桑、感喟起来。

 晋西，竹叶青

离了平遥，赶赴离石。离石的三晋餐馆，宽大明亮，颇为洁净。落座后，叫了他们的几个小菜，都颇有特色。先是上了一个萝卜松花汤，初看菜单，我还以为是萝卜松花蛋汤呢，细看之下，原来是萝卜松子汤。萝卜配松子，清汤寡水的，本来以为味道必淡，一喝才知味道浓郁，再配上松子的清香，非常美味；在视觉上，黄白相间，点线结合，相当悦目。如此色香味俱全的佳肴，实属难

得。金庸借《射雕英雄传》中洪七公之口说：天下间最美味和最考烹饪功夫的菜肴不是鲍参翅肚，而是青菜豆腐，平常饮食，信焉。

后来上的是三晋熬鲤鱼，看样子黑魆魆的毫不起眼，吃的时候却非常意外：在这个貌似边远的小城，这条鲤鱼相当新鲜，餐馆应该设有鱼池，估计是现抓现杀的。三晋熬鲤鱼的做法有点儿像红烧，先裹上薄薄一层淀粉略炸，过油后，再放加了调料的汤汁慢熬，最后打芡，入口鲜腴，鱼肉刚熟，配上浓稠香口的酱汁，委实好吃极了，以致我们大块朵颐之余才想到还有照片未拍，等到拿出相机来拍照片的时候，鱼已经被干掉一大半了，这应该算是烹调这尾鲤鱼的厨师的最大荣幸吧。

最后，当然是要叫那个山西著名的刀削面了。这个餐馆在当地算是比较高档的，一碗刀削面，也用漂亮的黑陶碗盛了出来。我们叫了两种，一种是炒的，一种是普通的，面都做得筋道又好看，配上红红的蕃茄，黄澄澄的鸡蛋，绿油油的青椒，卖相美观，令人一见就有食欲，亦算此处可圈可点的佳品。

之所以去离石，是因为要去碛口。碛口，这个位于山西西部和陕西东北部交界的小镇，20世纪30年代，是晋商商业活动的场所，在清初至民初的200多年间，是黄河中流秦晋大峡谷闻名遐迩的水旱码头，也是沟通大西北与中原、华北、华中地区物资交流、集散的重镇，享有“水旱码头小都会，九曲黄河第一镇”之美誉。故此，这里曾经相当繁荣。在历史上曾经繁荣的地方，只要没有破坏得很严重，一般都会很有看头。

事实上，当我们抵达碛口的时候，就证明了这一点。黄河的滔滔浊水在碛口镇前缓缓流过，不时有古老的船只载着村民们往返，碛口镇石板铺路，顺着石板路上去，门洞套着门洞，形态各异的半窑洞式建筑，组成宁静美丽的院落，院前晒着当地著名的大枣、玉米，好一幅碛口民俗图！

沿着碛口客栈向东走，没多远，就看到麒麟滩，那里有一片大

李家山晒枣

大同碛

同碛——黄河中部，突然长出一大片乱石，以致船只没法顺流而下，被迫改走陆路，这也是碛口古镇曾经盛极一时的重要原因。

再往东走，七拐八拐几公里，也就是李家山了。传说中的李家山，窑洞依山而建，错落有致，家家门前有碾子，那些枣儿、花生，鲜艳得耀眼，路上，满地枣儿堆积。

碛口附近，除了李家山外，西湾村也颇为著名，其建筑与李家山类似，只是更集中、更精细些。

李家山石碾

碛口的饮食亦有其特色，因靠近陕西，其菜肴亦以面食为主，这里的面食名点碗托，其实与平遥的碗秃则相当类似，一般的几种面混和在一起蒸成，拌以调料，但好在这里不会宰人，以正常价格出售，一碗也就几块钱。

离碛口没多远就是汾阳，著名的竹叶青酒的产地，那里不光有美酒，还有佳肴。我们挑了一家看上去比较气派及干净的酒楼，要了个包房。这个酒楼的菜式相当齐全，居然还有粤式卤水、叉烧炒青菜粒、玉米羹等，我们虽然也叫了这个，但其实心里期待的是当地物产做成的面食和小吃，心不在焉地品尝着，直至各种饼类、蜜饯类上来，才两眼发出青光，频频伸箸。正所谓物尽其用，整个晋西地区都产优质枣子，这家酒楼也就以枣子入馔，先以蜂蜜浸渍，最后洒以芝麻，就成了一道著名的凉菜，入口香甜绵软，果是良物。山西也是产小麦的地方，至于饼子，就有手撕饼和炒饼两种。手撕饼卖相奇佳，椭圆金黄的饼子，间或看到几星葱花，懒洋洋地躺在盆子里，我们怎么抵挡得住这样的“邀请”？于是抓起来就啃，饼子兼具松脆和绵软的特点，夹着阵阵麦香、葱香，是相当美味的小食。至于炒饼，就更奇了，自来只听说有烙饼、煎饼；炒饼，还真是第一次听说。它是以摊薄了的面饼炒制而成，先是摊一大张饼，把它切割停当，混以韭菜、鸡蛋一齐炒就，既像菜又像点心，入口相当清爽，很对我们的胃口。这样的美食，怎么可以没有美酒呢？说到酒，来了汾阳，如果不叫竹叶青，就真是暴殄天物了。

竹叶青酒，以竹叶及多种药材制成，入口甘甜，回味悠长，不知不觉，我们四人竟喝了一瓶。平时酒量不怎么样的我，居然也并不觉上头。据闻日饮竹叶青少许，还可强身健体。

晋北，大同，云岗石窟

大同，在历史上属雁北——雁门关以北重镇，曾长时间为辽金统治，当地民风淳朴，我从未碰上过绕路的的士司机，放眼海内外，这应该都不算多见了。

在大同，找了一家九龙壁附近叫九龙宾馆的酒店住下，听的士司机说这家宾馆一楼餐厅也相当不错，他说，大同人爱吃，看上去也是如此，其实大同给我的感觉比太原还要繁荣，至少感觉是人们更加安居乐业，更乐于享受生活的城市。

大同的羊肉是相当出名的，点菜的时候当然少不了羊肉啦，我们点的一个叫小炒羊肉的菜。我一向信奉食物要原汁原味的信条，这个小炒羊肉就做到了这点。羊肉切得极薄，用配料略腌，起油锅爆香蒜米和青、红椒圈，放腌好的羊肉快速爆炒，刚熟时即放大量香菜末。这样，一个色香味俱全的小炒羊肉就出锅了，越是貌似简单的菜越考验厨师的功力。这个菜，真正做到了火候与味道的完美结合，入口香浓，羊肉瘦而不柴，与酱料结合得恰到好处，薄而不寡，色彩搭配亦相当鲜艳，难得在大同这个接近塞外的城市，吃到如此精细的美食。

另外一道荷叶八宝上素亦令人颇为惊喜，初观这个菜，外面用荷叶包裹着，异香扑鼻，打开一看，绚烂多彩，里面是袖珍菇、腰果、大红豆、西芹、百合，看上去相当粤式，我有点担心大同做的粤菜会不会变味，然而入口清爽而甘香，真是美味。菜牌上，这个菜并未标明是粤菜，我想，也许爱吃的大同人是融会贯通的。

雁北一带盛产黍子，大同的油炸糕相当出名，用黍子磨成的黄米面做的油炸糕成为这一带人的日常食品。用胡麻油炸出来的油炸糕绵软可口，像一只只金黄起泡的大饺子，有豆沙馅，也有肉馅。不过，炸糕容易胀肚子，如果想多吃些别的菜肴的话，建议还是浅尝辄止吧。

来到大同，不去云冈石窟就太可惜了，于是我们到火车站附近坐上三路车直奔云冈石窟。三路车为旅游专线，比较干净，在火车站附近上车人也不多，不到一个小时就能到达云冈石窟，下车后走50米即到，交通相当方便。

云岗石窟

云冈石窟是北魏王朝时期开凿的大型石窟，云冈石窟与莫高窟、龙门石窟并称为中国三大石窟，北魏的地理学家郦道元这样描述当年的云冈：凿石开山，因岩结构，真容巨壮，世法所稀，山堂水殿，烟寺相望，林渊锦镜，缀目所眺。

云冈石窟空远而辽阔，大气而古朴，走近细看却又精细生动，对比是如此的和谐又统一。不知为什么，看到云冈石窟，我不自觉地想起《天龙八部》中的人物乔峰，他不也是生于雁门关外吗？他的性格，不也是粗中有细吗？塞外牛羊空许约，如今在塞外，云淡风清之中，倒隐隐有风雷之声，这，不会是我臆想出来的吧？对着如许苍凉又精致的美景，不管生出什么样的想象，都是理所当然。

回到市里，才不过是中午，还有时间，我便跑到华严寺和善化寺去游览了一圈。这两个寺与我之前看过的太多修饰的寺庙不同，线条颇为简洁，具辽金时代

的风格。凝重的屋顶，残褪了的朱红墙壁，再配上疏落的松柏、大树，是我见过的寺庙里少有的苍凉与落寞，它们是在怀念那个曾经辉煌的大唐、辽金吗？不得而知。

华严寺和善化寺附近，城市规划得不错，尤其是华严寺前的那条路，有许多风格多样的店铺，随便逛逛，亦是怡然。

在那里上了一会儿网，不觉就到天黑，是吃晚饭的时间了。在路上，一位好心的阿姨告诉我，可以去大同宾馆门口的莜面大王用餐，那里有很多当地美食，她正在上大学的女儿的北京的老师和同学来了都喜欢去那里，作为大同本地人，她觉得那里的食物也正宗和美味。我的直觉告诉我，她懂得美食，于是便依了她的话走了半个小时到大同宾馆门口。

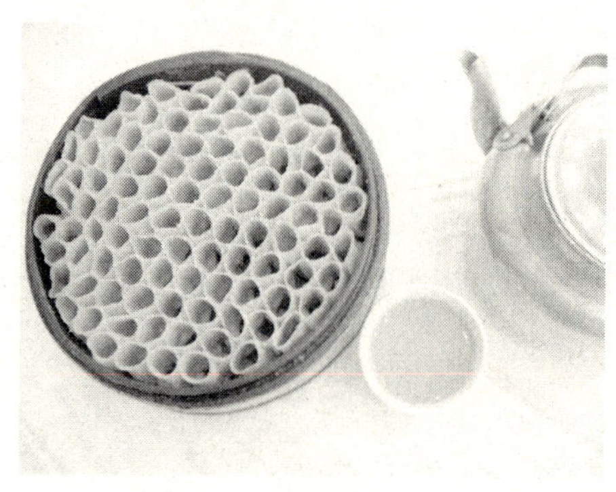

莜面窝窝

果见莜面大王的霓虹灯招牌在那里闪烁，餐厅里进食的人不少。餐馆不算太大，可也明朗干净。坐下后，我点了凉拌莜面、莜面窝窝、羊杂、手抓羊肉、丰收菜。这个餐馆倒也人性化，羊杂和手抓羊肉都可以点小份或是一人份，这样一来我就可以多点一些，不怕吃不完了。丰收菜来来去去都是那些，不外乎是黄瓜、生菜、西红柿、豆腐蘸大酱罢了，没什么特别，到处一样。另外几个菜就不同了，相当有特色和美味。先说那个凉拌莜面吧，莜面、红萝卜丝和着芝麻酱拌成，貌不惊人但入口清香，仿佛带着大地的气息，仿佛黄土地上劳作的姑娘，健康又纯朴！再来个羊杂，羊肚、羊心、羊肺一起炖成，滋味悠长，羊味浓郁，再配上香菜的异香，相得益彰。就说那个手抓羊肉吧，羊肉是腌过再煮的，相当入味，给我上的这盘是羊腿肉，入口即化，一点渣都没有，还蛮有咬劲，多么神

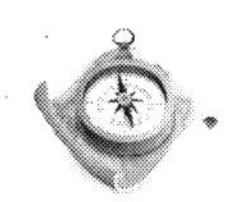

奇的羊肉！最后，就是那个晋北特有的莜面窝窝了，大蒸笼里蒸着一个个薄薄的小卷，排列成蜂窝状，卖相独特，吃时蘸配的羊汤，味道还过得去，但个人认为远不如没那么好看的凉拌莜面。不过，莜面窝窝是当地特色小吃，价钱非常便宜，不管吃不下吃得下，味道如何，建议还是来一笼吧，试试也好，不枉雁北走一场！

特别提示

太原友谊肥牛火锅店牛肉嫩滑，还有非常美味的牛肉刺身，做得相当专业，牛肉分类颇细，牛肉火锅亦很美味。

地址：太原市五一广场。

平遥古城真的是一个美食欠奉的地方，其所谓的出名的美食味道不过尔尔，而价格相当惊人，基本上，这里没有敢明码把价格标在餐馆外广告里的餐厅，吃饭需狠宰。几乎逛遍整个古城，只看到一家叫迎春饭店的有把价格标出来，价格还算合理，但也仅限于普通菜肴，那个所谓的出名的牛肉和碗秃则照样不便宜，在这个餐厅时最好也不要点这两样，实在要点的话要狠狠地杀价。

迎春饭店：平遥古城南大街160号（电影院南10米）。

另外，平遥古城必住客栈：一得客栈，相当古朴的四合院，以前是某票号经理的住宅，离明清街很近但又无那里的烦嚣，土炕式的铺位，相当有特色，淡季价格约150元一间标准房。

地址：平遥城内沙巷街16号。

山西离石，去碛口的必经中转城市，三晋人家大酒店，必点美食：三晋熬鲤鱼、萝卜松花汤。

不一样的选择，不一样的北京

后海，九门小吃，糖葫芦

从大同到北京颇为方便，几乎在同一纬度，五个小时即到北京市区。我们在大同待了3天，便去了趟北京。

来北京的第一天晚上，到积水潭公园一带闲逛，不知不觉来到了孔乙己酒店。孔乙己酒店环境颇美，处处是园林式建筑，即使等位的地方亦是小桥流水，虽然孔乙己酒店以江南菜闻名，但在北京声誉日隆，也算是江南菜品的代表吧。

去什么酒楼点什么餐，先是那个著名的茴香豆，蚕豆粒粒饱满，又香又面，果然是此酒楼的代表作；然后是醉鸡，不过尔尔，与杭州楼外楼的相比差远了，鸡肉有点木，仿佛不是绝顶新鲜；东坡肉还不错，色作深红，酱料也配得香浓，肥而不腻；西湖醋鱼做得还行，味道恰到好处，甜酸适中；萝卜丝酥饼做得不精细，面皮较厚，口感有点硬，不酥。

饭后闲余，来到了著名的后海，果然名不虚传。杨柳岸晚风残月，配着妖艳的酒吧，说不尽的流光溢彩，使人从骨子里被它媚惑。酒吧都是小小的，都装饰得很有特色，音乐也各有千秋，有的怀旧又柔媚，有的动感十足，有的充满幽怨……

我们一直走过银锭桥，走过烤肉季，这里更热闹，再往前走，

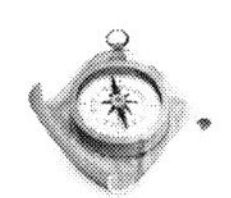

看到老大爷老大妈们在跳舞，还有卖灯笼的，热火朝天的。继续走就是前海了，酒吧明显比后海的要大，装修得更豪华，不光是打风格牌，还在那里争妍斗艳。还是在其中一家坐了下来，隔着玻璃门，看着如梦如幻月，扮演着若即若离花。

此次来北京，寄居在WZ家里。第二天中午，她带我去吃老北京地道小吃——庆丰包子。庆丰包子店是北京的老字号了，那里的包子皮薄馅大，馅料还顶美味，配上金黄香浓的棒渣粥、凉菜，还有滑腻肥腴的炒肝。炒肝，半汤半水的一碗，里面是浓浓的芡，内容丰富，有肠子、猪肝等，口感爽滑，鲜香不腻。

庆丰包子店的东西相当家常，但我很喜欢，觉得这才像吃到老北京的魂。

在北京街头又买了特有的冰糖葫芦，我酷爱此物，酸酸甜甜，内里还夹着各种“内容”，我最爱核桃的，贪其又香又甜的缘故。来到一条叫“百花深处”的巷子里，墙上的涂鸦非常有趣，有的是可爱的圆脸长蛇，还有的干脆就是英文字母“JAY”，不知道涂鸦的人是不是周杰伦迷呢？

走着走着，来到积水潭附近的四环菜市场，虽云四环，其实是在二环，只是这个菜市场本来就是叫作四环。

不觉惊叹北京菜市场里品种的丰富，价格的低廉。有嫣红可爱如乒乓球的洋花萝卜，有大如皮球圆鼓鼓的茄子，还有各式水果、水产海鲜等。

据闻做老北京家常菜的餐馆有很多家，其中老北京面馆是其中的佼佼者。老北京面馆的门面

北京街头的冰糖葫芦

做得很传统，朱红柱子，八角宫灯，顶上是大幅中式喷绘，列有招牌菜式。

进得门来，当然是要叫名声在外的那几样了。炸酱面、芥末墩、爆肚、炸灌肠、凉拌白菜丝。

炸酱面我在南方是吃过的，我以为，那就是正宗的炸酱面了，来到这里才发现，真正老北京的炸酱面，面身比较白，没有枧水，比较筋道，它的酱乌黑发亮，既没有甜面酱的甜，亦无任何辣味，属于咸香可口的类型。面里没有汤，配菜是黄豆、黄豆芽、心里美萝卜丝、黄瓜丝，黑、白、红、绿、黄，简单的一碗面里异彩纷呈，吃起来家常又帖心。

至于芥茉墩，算得上是这几样里最独特的了，刚开始拿上来的时候，还真的不知道是什么东西，浓浓芥末汁浇灌下，一朵似花非花的物事躺在碟子里，骄傲地绽放。用筷子把它扒拉开来，如剥开层层外衣，才发现是一大白菜墩子，就是大白菜茎中间的那一截。入口，相当的凛冽，如醍醐灌顶般直冲到头顶，怎样的一种醒神，细品之下，辣、鲜、甜，兼而有之，尤其是芥茉墩的心，芥末的味道相对少了，更能品出它们鲜甜来。

再说回那一客著名的爆肚吧，黑色的百叶，吃的是火候，要又脆又爽才是极品。蘸放了香菜的芝麻酱，一点膻味也没有，满嘴余香，如果你喜欢吃内脏，这是不可错过的一道菜。

最不副其名的要算是炸灌肠，一听是灌肠，我还以为是一道荤

菜呢，谁知道是素得不能再素的，灌肠用半透明的团粉和红曲做成，灰黑色，长方形，蘸料是蒜汁盐水。

凉拌大白菜丝在北方应该比较多见，白菜切丝，加调料凉拌，对不习惯吃生白菜的南方人来说也算是一次新奇的体验。

吃完东西，是时候活动一下身体了，虽然已经泡过后海、前海，但那都是晚上，白天的后海，想必颇为不同。再说，来到北京，怎么可以不坐上老北京所独有的人力三轮车来做个胡同游呢？

坐上这种改装过的有着红色黄流苏顶蓬的三轮车绕什刹海一圈，到处都是曾经的这大臣那公卿的府邸。三轮车夫颇为健谈，告诉我们，门上的四个彩墩代表什么，什么官可以用石狮子，什么不能用，门钉的数目也有讲究，等等。

不知不觉，绕了一圈回来，就看到九门小吃的招牌。这里是各种名小吃的汇集，以摊档的形式发售，但是有还算舒服的桌椅，进门，就拿一个复古的大木托盘，自己兜圈拿去吧。

兜了一圈回来，发现这里弄得挺精致，九曲回廊，曲径通幽。每一个摊位上，都用闪闪发亮深棕色的实木镌刻出醒目的招牌，如王记豆腐脑、羊头马等，都是京城的老字号。

我们点的相当的多，几乎把北京小吃都点遍了。先从茶菜开始吧。茶菜，最有代表性的就是排叉。茶菜是满族、回族礼仪性食品。满族人在设席宴客时，习惯用茶及茶食为先，然后才是冷荤、热菜、甜食、汤等，一定按顺序上。

排叉的制作方法与南方的蛋散颇为相似，咸的，把南乳入面，和好，压成薄片，中间划三刀，两片合在一起翻卷，再用油炸了，即成。甜的就用姜汁入面，再过蜜，就好了。吃起来香脆可口，还是很好的下酒菜肴。

说到下酒菜肴，不能不提羊头肉，白水煮羊头肉，煮熟后片成极薄的一片片，一片肉上既有网又有筋，晶莹剔透，吃时洒上椒盐或醋，入口滑嫩，很值得一吃。

我特地拿了那个传说中的著名的豆汁和焦圈。早就听说豆汁味道怪异，连很多北京本地人都喝不惯，于是，我做足心理准备，一口喝下去。谁知道，非但不难喝，我认为，那简直可以称为好喝的。热热的，豆味浓郁，不过是有点酸罢了，并不如传说中有什么潲水味儿，只是有一点点发酵的味道，真的算好喝；再配上脆脆的焦圈，那滋味儿别提了，就一个字：正！

还有一样，不能不提的老北京小吃：卤煮。同样是猪下水，这一做法跟炒肝完全不同。里面是肠子、肺、肚什么的，卤煮的汤非常的清，不像炒肝那样的浓稠，但是吃起来滋味同样浓郁。

北京，N朝皇帝统治的地方，不乏做得精致的甜点。我最爱豌豆黄了。豌豆黄是用白豌豆去皮，以两倍于豌豆的水，将豆焖烂，然后放糖炒，再加入石膏水和熟枣搅拌均匀，放入大砂锅内，待其冷却成坨后，扣出来，切成像切糕一样的块。豌豆黄颜色鲜嫩，糕体细腻，吃进嘴里，让你的舌尖不禁舞蹈，直想跟它一起跳一曲圆舞曲。

还有那个驴打滚也是我喜欢的。驴打滚是北京小吃中的古老品种之一，它的原料是用黄米面加水蒸熟，和面时稍多加水和软些。另将黄豆炒熟后，轧成粉面。制作时将蒸熟的黄米面外沾上黄豆粉面擀成皮，然后抹上赤豆沙馅（也可用红糖）卷起来，切成100克左右的小块，撒上白糖就成了。

至于它为什么要叫驴打滚？估计是一种形象的比喻，因为它制得后还要在黄豆面中滚一下。《燕都小食杂咏》中就有人发出同样的疑问啦，诗云：“红糖水馅巧安排，黄面成团豆里埋。何事群呼‘驴打滚’，称名未免近诙谐。”我一贯推崇吃东西的时候不求甚解，吃就是了，咕碌一下吞下去，管它春夏与秋冬，就当驴打滚的命名是以形呼之吧。

后来，我们还去了东直门那条著名的簋街。那天，几个编辑约了我去簋街黄记煌吃鱼。黄记煌的门面还真够辉煌的，可爱的圆体

字，弄成好大的黄色，巍巍然耸立在那里，令人须仰视方可见。

进到里面，它的简介也煞有介事，曰：三汁焖锅传记。传说源于清代御膳名肴香辣汁鱼，这个传说是否正确已不可考，但它们的三汁焖鱼做到“鲜香绵嫩，回味悠长”倒是真的。吃的时候，步骤还一套套的。

我们先是点了一个清炒莴笋丝，这个很快就上了。接着，就上来一个不沾平底锅，直接放在桌子中间的电磁炉上，里面是码得整整齐齐腌过的鱼，服务员把锅盖盖上，焖上一段时间，又再揭开，放上许多乌黑亮泽浓稠的秘制酱汁，搅拌均匀，重新盖上盖子，再揭开盖子的时候，鱼已经全熟了，好香啊！果然相当入味，其滋味，纷繁复杂又不流于浊，确实抵得过“老字号”这一称号。

簋街是一条著名的食街，当然不止黄记煌一家店了，其中有一家叫福惠龙东直门羊蝎子的，人气相当旺，我们去了还要等位。这里号称什么菜都做，有羊蝎子，也有海鲜，我个人最怕什么都做又什么都做不好的餐厅，但是到这里吃过之后发现，它的菜式虽然杂，做得都比较地道。

先说说那个著名的羊蝎子吧，名为羊蝎子，实质与蝎子半点相干都没有，羊蝎子，也就是羊的脊骨。这个餐厅的羊蝎子端上来的时候异香扑鼻，我就问服务员，这个羊蝎子是用什么做成的，服务员说是用十几种药材，问有些什么药材，只答：当归等。再问，就说不知道了。叫他们拿简介来一看，更简单，看来这个餐厅的老板是非常怕我们偷师了。不过吃起来，这道菜倒还真的相当独特而美味，一点羊膻味也无，羊肉火候刚好，不至于咬不动，也不至于炖得太老，据说还相当滋补。

这个餐厅除了经营羊蝎子外，还做东北菜和粤菜。点了一个炸小黄鱼，黄鱼鲜嫩，蘸上椒盐，味道也不错。还有一个手撕饼，相当美味，同伴就大赞不止。粤菜呢，我们就点了白灼毛蚶和芥兰。这里的毛蚶个大，鲜甜。白灼芥兰火候掌握得也还不错，拿上来的

时候，还是碧青的。

天坛，回音壁

在北京耽搁日久，仿佛成天吃吃喝喝，也是时候做一些旅游观光了。于是去了天坛。

天坛拱门

虽然不是第一次来北京，但是天坛还真没来过，久闻大名，今日终于得见庐山真面目。天坛还真的没有令我失望。

作为历代皇帝祭祀的地方，天坛的主色调为白色和蓝紫色，虽然内里亦一般的红金相间，画栋雕梁，但其用色多为白、蓝、灰，这个与故宫颇为不同，显得更为优雅闲适。

天坛的代表建筑是祈年殿，乍一看，祈年殿像一顶清朝王公大臣戴的帽子；仔细看，那种几近完美的精细，仿佛在昭示着我泱泱大国的风范。

天坛斗拱

祈年殿周边亦颇多可看之处。回音壁，灰色弯曲的长长墙壁，以回声著名，圆丘，汉白玉栏杆一层层地堆

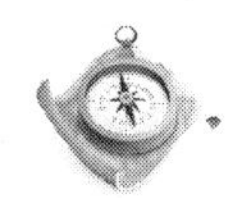

砌上去，顶部却是一个平台，也蛮有特色。

这些都还罢了，我更喜欢的是圆丘附近，往北门去的路上，有一大片松林，青翠碧绿，散发着淡淡的清香，松树有年头了，错落有致，地上是密密的青草，有喜鹊儿跳跃其间，觅食，散心，一看到人来，呼啦一下就飞走了，且比女明星还有镜头感，远远地拉近镜头，还没来得及拍呢，它一个回旋，一个转身，没入林深不知处，留下怅然若失的我，徒呼奈何。

但无论如何，看到喜鹊总是好的。第二天，我就去了雍和宫，希望把喜鹊带来的喜气落到实处。

雍和宫，烤鸭

雍和宫，名为宫，实质是一所喇嘛庙，这个，在它的英译名里也有所反映，雍和宫不光被译作“YONGHEGONG”，还有一个译名是：“LAMA TEMPLE”（即喇嘛庙），难怪我进去的时候看到那么多外国人在那里参观呢。

雍和宫一般的红墙黄瓦，但没有北京别的宫殿那么豪华，香火是鼎盛得不得了，到处都是烟雾缭绕，善男信女真多。我最喜欢的是靠近出口的一个大殿，那里供着许多佛像，有宗巴喀、六度母、欢喜佛等，造型逼真、生动，很是有趣。

雍和宫

游完雍和宫，我在北京的旅游也就接近尾声了，待了十天，是时候回温

雍和宫屋檐一角

暖湿润的南方了，于是我在北京的两位好友为我送行。

约了在积水潭新街口的郭林家常菜。郭林家常菜在北京还算比较有名，从门口如烟花盛开的霓虹灯可以看出，还非常卡通，搞了两只招财进宝的淘气小猪。里面的布置也颇为讲究，桌子都是夹层的，玻璃面下是仿真的花瓣和瓜果，郭林家常菜馆以烤鸭和海鲜出名。

据WZ说，这里的芝士焗海鲜不错，于是我们点了。芝士和海鲜混在一起，经过焗炉的加工，幻化成你中有我、我中有你的一碟，我和WZ都相当地喜欢。

接着上来的是大闸蟹，这个我最喜欢了，没想到在北京还能吃到这个，时值农历九月，俗话说九月团，十月尖，九月，就是要吃团——母的。大闸蟹里的黄流得我满手都是，北京的深秋，最酷的事情，莫过于让蟹黄染黄你的指头！

传说中的烤鸭也上来了，我是吃过全聚德的烤鸭的，吃这个的时候未免有所比较。也许因为我是南方人的缘故吧，我更喜欢吃郭林家常菜的烤鸭，肥瘦刚好，不油不腻，很好吃！

餐厅名字叫郭林家常菜，其家常菜做得还是有独到之处的。即使是一个普普通通的木耳，也拌得清清爽爽，煞是诱人，还有炒双笋，嫩绿的莴笋丝和白白的冬笋炒在一起，看着就赏心悦目，吃着也是火候刚好。冬笋的爽脆清香与莴笋的清新混合在一起，好一幅

齿颊留香的双笋图！

这次来北京，一路上都是北方的淳朴与大气，混着首都的华丽与辉煌，仿佛一篇华彩乐章，余音袅袅，绕梁三日，以至我至今仍思之不已。

特别提示

在北京想体验当地真正的民俗与美食切忌只去出名的大酒楼，最出名的未必是最地道的。除酒楼外，很多老字号的小吃店才有真正的京味。尤其是中午，选择这些店就最合适了。另外，街上的小吃拿着边走边吃也很好玩。后海、簋街一带都是不错的选择。如果有时间，去北京大的菜市场逛逛，相信你会叹为观止的。

青海、西藏的觅食之旅

忽发奇想，要走青海、西藏。向往已久的线路，让我这拖拖拉拉的人也坐言起行起来。然而有什么叫做不枉此生的呢？在你漫无目的随意休闲地逛完这条线后，也许你便理解了这四字的含义。青海湖的碧青夺目、纳木错的浩瀚趣致、布达拉宫的起承转合……这便叫做行游，在目眩魂与，心不在焉之后。

青海，塔尔寺，青海湖

一步到位，飞往西宁。西宁，且容我用十二个字来概括吧：气候不好，市容普通，美食天堂。两千多米的海拔，日照强得不像话，稍不注意，便是染黄。晚上呼吸有如火烧，干燥异常，三千六百米海拔的拉萨气候居然比它好得多，你说，是不是异数？

在这西北的边陲，市容当然是不会有惊喜的，不过西宁市的几个广场尚算干净整齐，在五一的彩灯装饰下，也堪称美观。至于美食的天堂，你想不到吧？就在这样一个边远的地方，各种风格的美食都可吃到，加上他们特有的菜式，堪称美味，最难能可贵的是，那价格只及沿海城市的一半，那简直是让人欣喜若狂，随便到哪个略有点看头或名气的餐馆看看，没有不排队的，于是，你便

有了此地是美食天堂的印象。

西宁和很多城市一样，有一条纵贯大街。五四大街就是这样的一条街，汇集了各种吃食。靠青海师范大学的，有一家餐厅叫“清真十三香”，装潢考究，食物美味出众。最喜其中的牙签羊肉和炸菠菜。

牙签羊肉，顾名思义，是用牙签串起来的羊肉，一枝牙签串一根，都不用动筷子的，直接往嘴里送，好方便，那味道不用说了，相当好，且没有难闻的羊膻味却保留了羊肉的香。蔬菜，在我们广东人的观念里，是很少用来炸的，但我在西宁，却经常看到他们把绿叶青菜也拿来炸。菠菜就是这样，炸了后还撒上松子，倒也香远益清。

青海是一个特别的边疆省份，一直多民族杂处，其中藏族和回族占绝大多数。从近代史来看，是回族占了上风，尤其是马步芳统治时期，而西宁的东关，更是绝对的回族人的势力范围，其东关大清真寺，颇有气势，颇有看头。

然而待在西宁，重头戏似乎不是看，而是吃。晚上，又去了西宁最出名的八一火锅城。这里实行一人一锅，很卫生。菜式的选择也很多，有很宽的面条，有特别的蔬菜，当然，少不了青海特色——好吃的牛肉。

第二天去了塔尔寺。塔尔寺是黄教发源地，宗喀巴的出生地。塔尔寺在藏族人心目中地位非常崇高，其建

青海塔尔寺

筑也是典型的藏传佛教的建筑。少不了的是白塔，门前便是一排，由远及近，很透视的样子；内里还有一个，装饰得更漂亮一些。寺庙不用说是经幡密布，里面还有酥油花，这应该是世上最娇气又最夺目的花了吧？那些寺里的壁画，据说是很好的，然而我觉得匠气得很。

只有那一列的建筑，配上斯时、斯地、斯人，再衬以蓝天白云，倒也藏传得很彻底，只觉得它们就该建在那里，哪怕挪了一寸，便不像了。

塔尔寺位于湟中县，没想到，这个小小的县里小小的镇也有美食。塔尔寺所在的镇叫鲁沙尔，估计也是藏语音译。我们吃饭的酒楼叫万金塔。万金塔里的菜做得比较讲究，即使是一碟泡菜吧，也配上萝卜花，洒上芝麻。最喜欢它的手抓羊肉，选的是肋骨上的肉，做出来浓香扑鼻又原汁原味。水煮鱼和蕨根粉都做得不错，川味浓郁。

晚上又去吃川菜，这次是五四大街的万禾火锅城。万禾火锅城的炝锅鱼香浓软滑，味道是干脆的浓烈，我很喜欢。那一红一紫两碟凉菜，凉拌青瓜和凉拌心里美，相映成趣，很家常，也很到位。

老吃家常菜也会厌倦。于是，在去青海湖的路上，便叫了鳇鱼来吃。能不能吃到鳇鱼，还真得碰运气，要天时、地利、人和。还算好运，鳇鱼最终被我们吃到了。貌不惊人地放在一个汤盆里的，不过是两条共500克多一点的鳇鱼吧（鳇鱼生长周期长，一般都不会很大），用姜葱炖了一大锅汤，却是异香扑鼻，鲜得不行。

更有意思的地方，当然是青海湖了。先是去了蛋岛，那是鸟儿们产卵的地方。为了不打扰鸟儿们产卵、孵小鸟，我们在一个镶满玻璃的圆屋子里观察，但听啁啁之声不绝于耳，鸟妈妈们忙得不亦尔乎，即使是鸟爸爸，也忙于觅食，鸟儿鸟儿满天飞。

离了蛋岛，便去鸟岛。这里，才是真的与鸟儿们亲密接触，那么蓝的湖上，飞着各式鸟类，你可以走近前去观察，也可以去爱

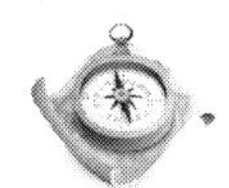

抚它们的翎毛，这里的鸟儿都不怕人。长长的伸进湖里去的堤上，也停满了鸟儿。

最绝的是那个鸬鹚岛，须得爬上一座小山方可看见，碧蓝的湖中孤悬着一个小岛，海外仙山一般，停满了黑色的卢鹚，那色彩、那布局，便如哪位画家的杰作，令人叹为观止。

青海湖鸬鹚鸟

晚上，据我所住的招考宾馆旅游营业点的李生经理和他的朋友赫导说，西宁最有意思的是逛夜市，于是我便也逛了一回。

果然热闹，香气极盛。食街嘛，当然是很市井的样子，可是这种市井，很多时候，是我们喜闻乐见的。在大排档里大碗喝酒，大块吃肉，呼啸来去，也不失为一种痛快。

西北的食街，有许多东西是我见所未见，闻所未闻的。比如那个熬饭，便是一种很特别的清真食品。牛肉、土豆、凉粉块、菠菜、红萝卜等放在一起熬成红红的一大盆，吃起来却一点都不辣，还混杂着食物的清香。还有一种甜点叫牛奶醪糟。牛奶里放着各种果仁和葡萄干等，最特别的是放了一种叫人参果的东西，再打上鸡蛋，加上醪糟，又补又好吃，还只要五元钱，相当划算。

在西北，原不应该吃海鲜的，尤其是这种没有海鲜池只有冰海鲜的大排档。然而我是馋虫，来西宁一周，馋海鲜很久了，不顾别人的劝告，叫了牡丹虾和香螺，仿佛也颇美味。

还有一种非常有个性的吃食，那便是香煎羊肠，羊肠里灌了羊肉，放到锅里油煎，喜者谓之香，恶者谓之臭，真是辩证得很。

西宁两千多米的海拔，让它的土壤特别适合郁金香的成长，故此他们在“五一节”办了一个郁金香节。公园就不必说了，无非花海。倒是那在花间游玩、野餐的人们很悠闲很有野趣。各色郁金香里，我最喜红色与白色的，红的热烈，白的半开，如珍珠散落在绿叶里，那一种清新，便如口含薄荷，脚踏祥云。

清新的风景当然要配清新的饮食了，虽然明知西宁不是吃苏杭菜的正确地方，可是，也许我委实是个任性的人，我忽然想吃什么了，是不管它适合不适合的。于是去了鱼米之香。一看它的店面就有点儿喜欢，多少有点现代感，内里的装饰却又是典型的传统江南风格。叫了东坡肉、清蒸边鱼什么的，江南和粤菜合壁，反正是那会儿我最想吃的东西，倒也做得似模似样，在西北边陲能吃到还算对口味的这两个地方的菜肴，难得了。

当然，西宁绝不是只有外来饮食，是有他们自己的招牌连锁店的。王家炒土鸡就是其中颇为著名的一家。西宁的王家炒土鸡，半红烧半炒的样子，其中还带着点儿卤汁味，红亮汪汪的一砵，看着就有食欲，鸡是真正的土鸡，现如今在都市里也难觅土鸡的踪迹了。吃起来火候正好，鸡肉不生也不柴，还相当入味。吃完土鸡，再来一碟鸡油炒本地产的小油菜，绝对地道。

从西宁启程去拉萨了。坐的是火车，经由那条著名的青藏线进拉萨，沿途都是荒凉的大山，大山上积着雪，寸草不生的戈壁滩上鲜见活物的痕迹。这条青藏线真的那么美吗？我个人是不太认同的，如果太荒凉了，便流于单调，偶一为之即可，天天看着难免厌倦。

西藏，拉萨，纳木错，布达拉宫

去到拉萨，一切便不一样了。拉萨真是西藏的福地。才不过离拉

萨几十公里，景致和气候便天差地别，被神保佑的地方到底不同。

纳木错

三千六百米海拔的拉萨，比两千多米高的西宁要湿润多了，连偶尔吹来的风，仿佛也不那么刮面。到的那天，仿佛已经黄昏，在亚宾馆落脚，已然懒得出门，就近在亚宾馆一楼的DUNYA餐吧打尖，叫了一个牦牛肉汤面，一个吞拿鱼沙律，一罐无糖可乐。没想到份量太足，怎么吃都吃不完，那个牦牛肉汤面很清淡，但淡而有味，是我喜欢的风格，里面还有很多蔬菜，营养搭配得很好，且是青稞面制成，尤其占肚子。那个吞拿鱼沙律如小脸盘般大，拿上来的时候，无论如何吃不完，勉强吃了小半盆后打包拿走。DUNYA餐吧的食物味道还算不错，份量也足，不过它的消费在拉萨来说算是贵的。

吃完后沿着解放路向东逛去，全是背包客聚集地。途中经过一个牦牛生肉店，刚巧碰上他们进货，一只只硕大的牦牛，已被剥洗干净，庞大的躯壳就那样躺在路上，挂在店里。

约略逛了一下，忽然想找个吧泡泡，信步走回亚宾馆对面，依稀记得那里有一个名字蛮特别的酒吧。名叫矮房子，门楣上还写着一句话：这里有你们寻找已久的音乐。酒吧是藏式房子，里面挂着很美的民族乐器，放着另类又好听的音乐，有尼泊尔民谣、印度歌曲、西藏特别的音乐等。酒吧不大，但很温馨，老板吴飚亲切健谈。在那里我还结识了几个朋友，相约一起去纳木错。

去纳木错要先安排时间，没那么快便成行，恰好第二天有空，

拉萨色拉寺里的辩经

便去了色拉寺。色拉寺不愧为黄教六大主寺之一，进门便感觉到它的气派，细节处亦颇明丽。从大门到辩经堂有不长不短的一段路，两旁都是垂柳，白墙配着七彩的窗户，好不恬静。便觉这样的一个处所，果然是修为的好地方。沿着特别的门一级级地上台阶进了辩经堂，但见绿树成荫，其时正好是午后四点，斑驳的阳光洒在扶疏的柳树上，地下影影绰绰的，僧人们穿了红僧衣，挥拳捋袖辩得热火朝天的，其中的幼童僧人也来凑热闹，真有意思。

看了一会儿辩经，便到别的殿堂去玩。色拉寺真是一个食尽人间烟火的大寺，殿门处居然放了一个太阳能热水灶，坐着一个水壶。要说色拉寺的门也是一绝，虽然都是红底描金描花的，但是不同的门感觉完全不同。有的红门上饰以铜饰，给人僧门一入深如海的感觉，有的呢，却画着怒目而视的三目神，画风趣致，便如吓唬孩童的年画一般。色拉寺的壁画、岩画也很有看头，是个值得游玩的处所。

所谓旅行，是要吃喝玩乐全兼顾的。白天看了风景，晚上便想看表演。于是跑到吉日宾馆一楼餐厅去吃饭，因为那里有表演。先是表演藏戏片断，演员们戴着桃形面具又唱又打的，接着就是藏族歌舞，最后上场的居然是一只人扮的牦牛，这里拱拱，那里拱拱，跟食客们亲密接触，大厅里一时咿呀之声大作，这只“牦牛”虽则好玩，还是有点惊人。吉日宾馆一楼餐厅以外国客人居多，也以

表演为卖点，故此它的出品就谈不上精了，我叫了一碟藏族牛肉包子，一个蔬菜汤，包子像饺子，味道一般，蔬菜汤里放奶油，纯粹的西餐口味，与我想象中的藏族风味不合。

那天与几个朋友会合了，谈兴甚浓，在吉日宾馆吃完饭后，又到亚宾馆斜对面的冈拉梅朵。冈拉梅朵也算是拉萨的名酒吧了，里面的细节还是经得起推敲的。挂着唐卡，摆着藏族特有的饰物。在那里边喝拉萨啤酒、其酸无比要放很多白糖的酸奶，边看朋友们拍的美丽的照片，倒也是一件美事。

第二天，在头痛欲裂、通宵失眠的情况下一早爬起来去了纳木错。纳木错离拉萨其实不远，可是周边都是大山环绕，念青唐古拉山还高达七千多米。一路上，便有些不自在，尤其是下车拍风景的时候，风呼呼地吹，山上的积雪仿佛会猎猎作响，头开始疼起来，紧走两步，气便有点喘，难道这便是大山给我的礼物？

纳木错是神奇而眩目的，海拔四千七百米，那么地蓝，蓝得想与天空接壤；周围的雪山又是那么地白，白得想跟云朵亲吻。旁边水潭里的牦牛那么地自在；湖边的大石，挂满了经幡。尽管我头痛欲裂、举步维艰，仍“跋涉”至湖边拍下美景，留下念记。

回到拉萨的时候，我几乎散架。无力寻觅美食，去了网上褒贬不一的玉包子。出乎意料之外，我很喜欢这个类似川式快餐连锁店的地方。首先是它很干净，其次是选择很多，再就是食物还算不错。凉面、砂窝鱼

纳木错的牦牛

头、玉米渣粥、腊肉叶儿粑，都是不错的选择。至少，在你不想大鱼大肉的时候，想清清静静吃点小菜的时候，这里是个好地方。

第二天，几乎休息了一整天，便有了闲情逸致去逛大昭寺。特意选在下午快六点的时候去，只为一尝逃票的乐趣。我当窗理云鬓，就差没对镜帖花黄，姿姿整整地梳了两根麻花辫，围上藏族围裙，故作镇定地从边门走进去，目不斜视。保安对我视而不见，似有放行之意，正暗暗得意，喇嘛叫住了我：“请买门票。”我说：为什么要买门票呀？藏族人都不要买门票的。我也是藏族的呀，只是从小到了别的地方生活，现在才回来。喇嘛一眼就识穿了我，说：“藏族人不用买门票，你这样的藏族人要买门票。”我灰溜溜地买了门票进去了。结果，不到十分钟，大量藏族本地人从正门涌入，其中夹杂着幸运的游客。

进门后，糊里糊涂的，看到许多美丽的金色大佛像，宝像庄严。又爬上楼顶去拍八角街全景，拍鎏金的寺顶。无庸置疑，大昭寺是美丽的，无论是从外面看，还是从里面看，那些印着特别符号黑白相间的布幌，配上红墙金顶，双鹿法轮，硬是让人顿起崇敬之心。

我实在是一个无聊人士，逛完大昭寺，便去喝甜茶。我住的亚宾馆对面，便有一家网上颇有名气的德吉甜茶馆，近水楼台，先去这家了。很典型的藏式门面，白墙，富装饰意味的美丽的门，门上还飘着一圈布幔。进门的时候，心里是有点打鼓，网上对这种藏族甜茶馆的形容多是那相同的三

大昭寺

个字：乱糟糟。

也许是先给自己打了预防针的缘故，进了这个甜茶馆，倒不觉得很乱，进门便坐在靠窗的一张条凳上。那是一所藏式老房子，低矮而黑，可是你坐在那里不觉得压抑，只觉得闲适，房里还可看到横梁什么的。去拿了一个玻璃杯，他们便来倒茶，是那种浓甜的奶茶，味道很像立顿金装倍醇奶茶。坐旁边一桌的是几个藏族人，在那里打扑克，看来他们的日子很惬意呀。

闲了便和打扑克的藏族人们聊天，才知道，泡甜茶馆，于藏族人来说是生理和心理的双重需要。一是藏区蔬菜少，喝茶是藏族人补充维生素的最重要方式，如果没什么特别的事，他们可以从早喝到晚。二是甜茶馆是藏人聊天、交流信息的地方，也是重要的交际场所。不管外头有什么事情发生，只要往甜茶馆里一坐，便放松下来，什么繁文缛节，全不管了。真是躲进茶馆成一统，管它春夏与秋冬。

甜茶之于我，是打发时间的消遣，肯定是喝不饱的。晚上，便去了盛传非常好吃的自贡热锅兔餐厅，吃自贡一绝——风干萝卜蹄花汤。锅端上来，份量不少，足够三人吃的。用风干萝卜来打火锅，于我，也是大姑娘上轿，头一遭。风干萝卜蹄花汤出乎意料的美味。其实，不过是用风干萝卜来打火锅，放了猪蹄来慢慢炖，还加上大白菜和粉丝，简简单单，便已胜人一筹。

罗布林卡

据说罗布林卡非常美丽，于是前往。到了罗布林卡的时候，我第一个

反应便是：这里是西藏吗？但见草木扶蔬，郁郁葱葱，甚至还有园林胜景，宫殿的装饰极像北京的故宫。

罗布林卡是历代喇嘛们的夏宫。晚上，我们便去了以六世达赖爱情故事为卖点的玛吉阿米酒吧。据说六世达赖喜醇酒妇人，住在布达拉宫的时候，常常在半夜三更跑出去当庐会情妇，他自己握有边门的钥匙，天亮前即返回。有一次下大雪，僧人们看到脚印，疑有盗，追查此事，才查出六世达赖的一段风流案。这个玛吉阿米酒吧外面便有一个大大的玛吉阿米画像，上到二楼，在临窗的座位坐下，吹着夜晚杂着微雨的凉风，喝着香甜可口仿佛倒之不尽的青稞酒，便想，设若六世达赖果真在此，当是另外一种温柔旖旎的景象吧？

第二天，去另外一个甜茶馆，唤作港琼光明甜茶馆的，喝甜茶，居然碰上头天晚上在玛吉阿米酒吧看到的藏族服务员和他的朋友们。又喝一轮，喝到半饱不饱的，中午一个人跑到布达拉风情餐吧吃东西。那里的凉拌白萝卜香菜拌就，清爽好吃，更好吃的是牛肉炒饭，香腴肥美，不过怕油的朋友就不要点这个了，虽然美味，然而委实是油太多了，我每次点这个都吃不完。

吃完便在巷子里乱逛，看到酥油店便乱拍，真是爱死了拉萨小巷里乱乱的景致。八角街附近的小巷里，也有很多这种摊档，靠近北京东路的地方，更有一个小菜市场，里面不光有各式蔬果，还有很多藏式食品。也许是因了青藏线通火车的缘故，菜市场里的内容非常丰富，有许多我从未见过的青菜，连萝卜都非同一般，色作嫣红，可爱极了。当然，当地的特色食品是少不了的，有各种鲜艳的香料，有即冲即饮的酥油茶，做得跟即溶咖啡似的，还有一种藏式饼子，用青稞面烤出来，透着一股面香，点了红点的里面还有红糖做的馅，简单朴实，很是耐吃。

晚上，发扬锲而不舍寻找美食的精神，去了据说是更正宗的另一家餐馆吃那个自贡一绝风干萝卜蹄花汤，确实也很美味，然而我

不觉得更好吃，只能说各有千秋。

来拉萨有一周了，还未爬过布达拉宫呢。与同房间的日本姑娘小弥香约了，一起去买预售票，一起爬布达拉宫。小弥香是一个可爱的姑娘，在日本做陶瓷，真是一个风雅的职业。我们去布宫的那天是阴天，布宫在阴天特别的神清气朗。仰视布宫，更增神秘感。时面有五世达赖、六世达赖等人的金身，镶满了绿松石和红珊瑚，还藏了很多用金汁抄写的经书。殿堂结构与清代贵族古建筑有点相象，连用色也如出一辙。每个大殿都有喇嘛在薰一些特别的草药，喃喃念经。

布达拉宫里是不许拍照的，我趁人不备，偷偷拍了两张。布达拉宫后面也颇有看头，可以纵揽拉萨秀色，还可看到不远处的雪山。

布达拉宫的外面，有许多虔诚的信徒在磕长头，再往东走，便是赛康百货大楼了，大楼的门口有卖竹筒酸奶的，感觉很新鲜，便买来些，味道相当不错。晚上，同一房间的游客是四川人，她提议去谭府楼吃小吃，大家一致同意。可是谭府楼的小吃除了钟水饺外，其余的一概一般得很，叶儿粑还没有玉包子的好吃。

后来有朋友告诉我们在某小巷里的一家甜茶馆更地道，是全拉萨最地道的。我们便如打地道战一般找到了这家最地道的甜茶馆。进去才发现，人很多，基本上没有我们坐的地方。有几个热心的藏族妇女便叫我们和她们一起坐。那里的甜茶奶味更浓，藏面更香更筋道，里面的牦牛肉丁新鲜，还配上特色小菜，真是茶香不怕巷子深，难怪这么难找还这么多客人。拉萨好吃的地方太多了，然而我回来后最想念的还是那些甜茶馆，正所谓，民俗的便是永恒的。

因为签证的问题，未能那么快便去尼泊尔，于是我们多了许多时间在拉萨闲逛。在大街小巷里兜着，便转进一座不出名的小庙。小庙里的酥油花和佛像都很漂亮，那长明不熄的酥油灯，看着真是温暖祥和，我不觉在那里许下了心愿。

在街头逛着，腿不闲，嘴也不闲，看到什么东西都买来吃。先是一种仿如给小鸟吃的种籽，炒香了，倒也好吃，可是渣太多了，同行的友人受不了了，称这个为“鸟食”，再也不愿吃一口，于是我只好给了街头的乞丐。又看到他们在街边支了油锅炸薯片，想买来吃，又刚好吃得太饱，后来还是三原色到我们宿舍来看我们的时候带了给我们吃，味道又甜又脆，感觉像是甘薯炸出来的薯片。

这天去布达拉宫广场南面的柳池。不得不再一次说拉萨是福地，三千六百米高的地方，柳树长得绿树成荫，也不知有多少年了。再走过去，广场的西面，便是药王山。许多的岩画，金色的，蓝色的，菩萨都是那么的可爱，一点都不是一板一眼、宝相森严的样子。爬上石阶拍照，拍白塔，拍布宫。

布达拉宫的晚上和白天各有各的精彩。晚上布宫前面的喷泉开了，各式喷泉随着音乐喷薄而出，仿如轻纱，轻遮着布宫羞红的脸庞。走过两步，便是水池，布宫姹紫嫣红的

倒影又是另一番景致。

晚上去一个叫念的民俗音乐酒吧，说起来，老板还曾在深圳的本色酒吧唱过好几年。他有一个沙哑而千回百转的嗓子，唱起民歌来委实是荡气回肠。念酒吧里有很多老外，会弹会唱的还跑到舞台中客串，一时空气里充满了快乐的气氛。

在念对面的是一家叫聚的酒吧，门前有阔落的阳台，很宁静，也是泡吧的好去处。

在拉萨待了那么久，不去吃吃藏餐实在说不过去，于是我们三人跑到八角街的阿罗仓藏餐馆，据说，这里还算正宗。先是叫了一碗酥油茶，咸咸的，酥油味很浓，还好我们三人都不致讨厌。土豆羊肉饭腥得很，但那个凉拌牦牛舌却非常好吃，香、耐嚼，还相当的原汁原味。

特别提示

西藏纳木错的地形决定了在那里特别容易产生高原反应，提醒你要做好足够的预防准备。

尼泊尔的异国风情

在拉萨混闹了那么久，我们一帮人终于拿到了去尼泊尔的签证，一时欣喜无比。和开心打头站先行，拼了另外两个人一起包了一辆4500吉普车走拉樟（拉萨到尼泊尔樟木）线，非常幸运地，司机没有走过这条线，叫了他的同伴开了一辆4500在前面带路，于是我们两人一台大吉普，真是惬意极了！

加德满都，杜巴广场

樟木边境小城建在一片小山上，公路盘旋而下的时候，便看见错落的房屋。过了边境，包车去加德满都，沿路只见黑色的小河哗啦啦地流淌。河边的小镇上，有一家小小的餐馆，老板娘很和气，我便和一个北京来的女孩坐在那里用餐，餐具是非常的肮脏，老板娘指甲镶着黑边，然而我们都饿了，又见她的咖喱煮得好香，便不顾一切坐下来便吃。果然美味！稀淡的咖喱，就着土豆、肉粒、面条，是那种家常的耐吃的味道。吃完便要如厕，老板娘领我进内，是前店后家的式样，家里收拾得非常干净，后面便是厨房了。小河，树木朗然，悠悠河风吹来，那种平静的居家过日子的味道拂之不去，多么像小时候我去同学家里看到的情形，没想到，在这个尼泊尔的路边小镇，让我不经意地怀旧了一把。

抵达加德满都泰美尔区的时候，我立刻便爱上了这个乱糟糟的地方。那些破旧的房屋，烂烂的街道，配上色彩鲜艳的店铺，在烈日下那么张扬与出彩，甚合吾心。

很幸运地找到了一家花园式的旅馆，在那里安顿下来后便出去觅食。路口便是那个著名的餐厅——THE EVEREST RESTAURANT。据说那里的牛扒很著名，我们分别点了牛仔牛扒和牛女牛扒。这两份都是用锤子锤得薄薄的再煎，我觉得它太熟了，没有了牛扒的鲜嫩。

看攻略，离泰美尔区不远便是杜巴广场，步行十五分钟即到。去杜巴广场的路上，看到一家果汁店，浅蓝色的门面，鲜艳的水果摆满了整个小店，忍不住便进去叫上一杯芒果汁，很稠，味道还行。

走到半路，快到杜巴广场的时候，又看到一家很有特色的当地小餐厅，决定坐下来试试当地美食。那个小餐厅门口橱窗里摆满了一块块形状各异的吃食，看上去很精致的样子。还支着一口铁锅，在炸咖喱角。当然是这两样都叫了。咖喱角酥脆，内容丰富，但是委实太辣了！那些形状各异的东东原来都是奶制品，我们各样都叫了一块，奶味浓郁，可是甜得牙齿都快掉了下来，吃了两块后便不敢领教。还是那种叫“MOMO”的最合中国人的口味，也就像中国的饺子或是藏式包子，刚蒸出来，味道不淡也不浓，一点点的咖喱香，倒是起到了画龙点睛的作用。

这家本地餐厅离杜巴广场委实相距甚近，走几步就到了。杜巴广场，神庙围成的一个广场，红色的小佛塔，白色的大殿，很宁静。但我更喜欢广场四周看似杂乱无章的市井生活。有小贩在卖金黄色的油炸小吃、卖炒货、卖笛子、卖心型绿色树叶包着红色小杂碎的小吃，有个小女孩还坐在神庙下，拉着钟卖她的床单，林林总总，生活得那么地实在与精彩。

再钻进一条小巷，便看到很多卖沙丽的、卖各种假镯子和假头发的。尼泊尔的民风和打扮其实跟印度是颇为相似的，都穿差不多

杜巴广场周边拉钟卖床单的小姑娘

的衣服，手上都戴满了金光灿灿多彩的镯子，镯子现在都用塑料做了，但极脆，一碰就断，于是成为消耗品，这种镯子店便不愁没有生意。我光顾的那家店主是美丽的母女俩，女儿还在上大学，很时尚。我买了一个假辫子，她们帮我扎到头上，相当好玩。

逛完杜巴广场便往回走，其时已近黄昏，菜贩们开始卖菜，就在神庙下，原来，神圣的也是家常的，尼泊尔的宗教色彩便那么轻而易举地融到了他们的生活里。加德满都街头，到处都是浅蓝色的矮房子，房子之矮，门之小，让你惊诧这里真的可以住人吗？然而你留意观察，便可看到，那里不止上演着家常的悲欢离合，还做着生意，有在矮房子里卖杂货的，有开首饰作坊的，干什么的都有。

来到尼泊尔，怎么可以不试一下当地菜肴呢？便挑了一间经营尼泊尔菜的餐厅去吃。大铜盘托了米饭和菜出来，边上是各种咖喱，红的、黄的，全倒到盘里，拌了米饭同吃，这个套餐是鸡肉的，大混杂后居然非常好吃，出乎我的意料。

猴庙

我住在泰米尔区，出去吃饭或是购物都很方便。去杜巴广场后的第二天，便到路口边的一家尼泊尔花园式餐厅吃早餐，那餐厅有个院子，种了树，早晨淡淡的阳光洒了下来，在树荫下吃个早饭，

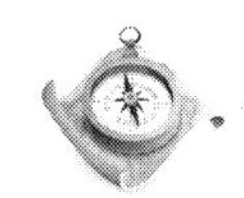

是很轻松的一件事情。叫了套餐，有好味的咖啡，还有煎土豆、吐司等。

饭后，他们都说要回旅馆，可是，我想见识一下加德满都的酒吧，便一个人去了。一个晚上连泡五家，基本上浅尝辄止，每个吧里叫上一杯东西，喝完就走。略有点印象的是PUB MAYA，音乐还过得去，楼梯上有个伸出来的露台，可惜那天在踢一场不知什么名堂的足球，基本上每个吧里都在放足球赛，没意思极了。唯一一家放好听尼泊尔跳舞音乐的，里面一个穿得少少的本地女人在扭啊扭，看着就像“架步”，便打道回府。

还好，第二天的HELENA’S 餐厅还算有点儿惊喜，略为弥补了泡吧的不满足。HELENA’S是一座橙色的五层建筑，整座房子都是餐厅，我们上一层，再上一层，最后到了六楼也就是楼顶的露台，坐在那里进餐。看着对面爬满青藤的红房子，旁边种满花草的别人的屋顶，凉风拂面，这样的进餐环境，先不说食物如何吧，便已值回票价。他们的食物端上来的时候卖相都很好，但水平只能算是不过不失。

吃完饭便去猴庙，猴子是名副其实的多，庙修在小山上，白色的圆顶金塔，尼泊尔那双著名的慧眼——也就是佛眼，旁边还有寺庙。

像我这种爱到处游荡的人，说实在的，早已审美疲劳，不能说猴庙不好看，只是没法震撼我。

Helena’s餐厅看出去的加德满都街景

吃了好几天外国菜了，回泰美尔的时候，大

猴庙慧眼

家一致同意吃中国菜。于是去了在当地颇有名气的凤凰宾馆，那里的中餐厅做得算是比较地道的，叫了清炖鸡、酸菜炒牦牛肚、飘香鱼、苦瓜炒蛋。其中要数酸菜炒牦牛肚最有特色，清炖土鸡汤最对我的口味。

晚上又去泡吧，这次可好，ELAINE和另外一个女孩都很爱这调调儿，便同去。去了一家有现场乐队演出的，替ELAINE叫了一杯“密西西比湿泥”，就是巧克力雪糕加朗姆酒，她喜欢得不行。

供奉林加的地方

喝了这杯“湿泥”后，ELAINE便仿佛有了无穷的力量，以至于第二天去帕斯帕提那神庙看烧死人时大勇者无畏。神庙里其实不光有烧死人，还有许多特别的建筑，但是它的烧死人太出名了，一提起它，大家都想起这

个。到的时候，便看到河边架了好几堆木柴，另外一边的富人区有一具已经在烧了，浓烟滚滚下飘起有机质分解的甜香，那种嗅觉，说不出的奇怪，以至于你很难说清楚是好闻还是难闻。

拍了几张烧死人的照片，但后来ELAINE说拍这个不吉利，犹豫下还是删除了。走出大门往右，便看到一片墳地，其中还有供奉林加的，林加便是男性生殖器，原来生殖崇拜在尼泊尔也如此盛行。

晚上跑去吃泰国菜，一家在泰美尔区也很出名的餐厅，叫阴阳。这家餐厅同样设有露天的桌椅，有院子。叫了明炉乌鱼和炒贵刁，在尼泊尔这个很少吃鱼的国度，他们居然找来了乌鱼，难得了。味道还过得去，不过价钱也比较贵。

博卡拉，费娃湖

阴阳之后，便暂别加德满都，载着满车的快乐，去了博卡拉。德国老嬉皮士HUPA，开着他的大房车，带着他的朋友们和我的朋友们，一起去那个传说中休闲至极的小城。

路上，HUPA停车让我们拍照，并在溪涧下玩水以消暑气。如此一路嬉戏，路上的几个小时便飞快地过去了。车停在博卡拉费娃湖的一边，HUPA他们介绍了一家意大利餐厅，叫“LITTLE ITALIAN”的，定在那里就餐。那里的比萨相当好吃，即使是一个简简单单的蒜头捞意粉吧，也做得香喷喷的。我叫了一个烤鱼，也做得很地道，内里存了很多的汁液，表皮有点儿脆脆的，我还以为他们是煎出来的。

费娃湖是博卡拉之魂，大得不可思议。整个博卡拉镇湖区均沿湖而建，费娃湖不同角度的风光简直是天差地别。我们先是去了东边，那里有个小渡头，渡船是四四方方的一座，不是划的，是用拉的。同去的FARSHID便自告奋勇去拉这种小渡船。过了对岸，便是一座小岛，岛上有漂亮酒店一间，搭建得很美丽，便当它

费娃湖

是免费公园，在那里流连。

费娃湖的中部又是另外一番景象。如果说费娃湖东岸的景致有点儿像中国风景的话，这里的风光便像尼泊尔了。牛儿们在悠闲地吃草，宽阔的湖岸上停满了各国来的房车，小女孩们在那里放风筝，好一幅湖岸休闲图啊！

博卡拉街头的建筑颇有特色，有的是橙色的一座半圆形，就那样因地制宜地立在路口，还有的漆成鲜绿色，画上荷花，兼营酒店和餐厅，铁楼梯上，本地人托了可乐下来，当真博卡拉得无以伦比。

和同伴乱逛，路遇大雨，在JELLY FISH酒店避雨。店主的三个小孩玲珑乖巧，捧了当地特有的一种仿桌球制的棋子来和我们下，其中二妹还教会我下国际象棋。

回来后，HUPA带我们去一家印度素食餐馆用餐。那里做的水果比萨又甜又脆，蘑菇咖喱香浓软滑，最出色便是他们一种叫比萨的食物，特别的烤饼配了咖喱汁来吃，很是美味。不过，我绝对是无肉不欢的人，各种食物都浅尝辄止，很快便转场去另外一家餐厅，叫了份量十足的牛扒餐。味道还过得去，且老板为人诚实，我本来想叫鱼的，他直接告诉我，今天的鱼不新鲜，是速冻的。这里的音乐尤其好听。

饭后便去FUNKY BUDDY迷幻。这个FUNKY BUDDY 真是够让人胆颤心惊的，圆形的建筑，里面挂满了白布幔，装饰得跟灵堂似的，还播着令人昏昏欲睡的音乐，挂满了佛像。两杯果汁下肚，

特别的卷烟一吸，便不知今夕何夕。

费娃湖中心岛的餐厅

如果说FUNKY BUDDY令人迷醉的话，那么费娃湖的泛舟便是梦之旅。和FARSHID坐上那左摇右摆的小船，开始的时候风光旖旎。边欣赏湖光山色，边轻轻地划船，边喝喝啤酒、吃吃杏仁，真让人陶醉啊！

可是费娃湖五月天也孩儿面，忽然便淅淅沥沥下起雨来，那湖是大得无边无际，浪是泛得诡异莫名，也许是湖太大了，也许是热带的蒸发太旺盛，湖面的对流太强烈，反正，我从来没有见过内陆湖有这么大的浪，吓得够呛。划到最后，还好FARSHID孔武有力，用他在军中服过役的强壮双臂以极快的速度靠岸。本来还打算划到另外一边他朋友的餐厅去歇脚的，但看我吓成这样，便在正对面一家名字不详只写着RESTAURANT的餐厅落脚，所幸我们到的时候，雨渐渐小了，彩虹钻了出来。在山的那边，是半条。那家餐厅有着无敌湖景，一处是突出半圆形的草地上，放着一溜桌椅，另外一处在三楼阳台的拐角，放着两张旧藤椅。小雨又淅淅沥沥下了起来，坐在旧藤椅上，看着远处湖上的涟漪，只觉人世间最浪漫的事情莫过于此。FARSHID向我推荐了一种湖里打来的新鲜炸小鱼，果然好吃！酥酥的，脆脆的，关键是，还新鲜！这在尼泊尔来说是很不容易的，还应景，此情此景，在这样的湖里吃着这样的小鱼，不辞长作"费娃人"。

天渐渐地黑了下来，雨又有了越下越大的势头，我害怕，催促FARSHID快走。划到湖心，天已全黑，闪电，伴着雷鸣，仿如湖

怪兴风作浪，浪也是越来越大了，小船成六十度以上侧倾，有一些水进了船舱，那么大的湖里，只有我们一只微不足道的小船还在划行，风雨飘摇里的一叶轻舟，安全感粉碎在夜涛里。FARSHID看我怕得厉害，不断地叫我相信他，并奋起力划，终于在不长的时间里安全到达彼岸。

前一天还风雨大作的大湖，第二天便温婉如玉。坐上HUPA的大房车，带上朋友们一路呼啸开上博卡拉的最高峰——沙朗阁，MARCO在那里自己建了一所特别的圆房子。从停车处走上去不过一百来米，俯瞰费娃湖，那绝对是赏心悦目的。再往上走，便有一家山顶餐厅，食物简陋，然而人们都很和善。

HUPA是一个善良的长者，下了沙朗阁后，他把车开到费娃湖的另外一边有着无限田园风光的地方，让我们拍照。然后，又带我们到一个拍费娃湖角度最佳的餐厅，让我们拍费娃湖的日落。那样的艳红，配着那样黛青的群山，一叶扁舟，渔舟唱晚，美景世界大同。

晚上和朋友们去了溢香园中国餐馆，叫了红烧鱼、五香牛肉、扬州炒饭等几个典型的中国菜，尚算不过不失，还是中国的味道。

博卡拉，一条直路，一个大湖，是很合适飚摩托的小镇。FARSHID爱飚车，与我的想法不谋而合，于是，他租了一部很有型的摩托跑车，带着我到处乱兜。猎猎晚风中，开到离博卡拉七公里处的魔鬼瀑布，那条小瀑布是没有看到，却发现了一处水潭，清沏异常，连狗狗都流连忘返。FARSHID说，明天我们来这里游泳吧，夏日在水潭里戏水一定很好玩，但我怕蚂蟥，一口回绝。

晚上和HUPA、MARCO汇合了，还是去他们常去的餐厅，叫了个烧鸡套餐，好咸！但是香蕉巧克力班戟非常好吃，香软滑腻，似与舌头溶为一体。

饭后HUPA他们要去LILA酒吧，我也跟着去看了一眼，酒吧的装饰很特别，可是我没有心情泡吧，飚车去了。

博卡拉委实是一个充满异国风情的小城，和所有的世界性旅游地一样，各种风格的美食都可以在这里吃到。我最欣赏的便是一个叫HONEY MOON的韩国餐厅。同样建在湖岸，在草地上搭了棚子，绕了花藤，刻意营造蜜月气氛，使我们也平添几分柔情蜜意。那里的泡菜品种多样，久居韩国的FARSHID也说味道很是正宗。当那锅石锅牛肉端上来的时候，我才真正领略了韩国菜的精粹。显然是腌过的牛肉，与洋葱烹在一起，刚刚熟，不老也不嫩，最喜它的调味，典型的东方口味，可是和中国式牛肉又明显不同，和日式牛肉有点儿近似，可又没有那么甜，过多的语言明显是对它的亵渎，于是我用舌头风卷残云般地对它致敬。

韩式鱼锅也不错，用的是费娃湖产的鲢鱼，味道微辣，也很鲜美。吃完后FARSHID这一刻也少不了要去泡吧，于是又飞驰去BUSY BEE。BUSY BEE有现场演唱乐队，乐队主唱在世界很多国家待过。

说起早餐，除了BE HAPPY，GERMAN BAKERY便是我们的另外一个落脚点。顾名思义，GERMAN BAKERY是以做德国式点心为主。但我觉得他们的黑森林蛋糕委实普通，倒是那杯冰咖啡相当够味，落足了料。甜、浓、冰，入口顺滑，丝般感觉，每次去都叫这个。

虽然我文中一再的出现博卡拉、博卡拉，然而我这里所写的博卡拉是湖岸，游客聚居地的博卡拉，离真正的当地人居住的博卡拉老城是有一段距离的。我们也寻到博卡拉老城去。

博卡拉老城卖菜的本地人

博卡拉老城，笔直的大路，影树的花火红红地开，墙上的广告鲜艳得灼了人的眼睛。到当地人的集市瞎逛，好多美丽的当地人衣服，在服装店里还弄一个长榻，真有意思。

街边很多小吃食，有一种形状特异的，像一只只红蜘蛛。我斗胆试了一下，其实是一种植物，味道有点儿像咸酸姜。这里的人卖菜的时候喜欢坐在装菜的大竹篓里，人也成了竹篓的一部分，总让我想起中国的陶塑、竹篓与螃蟹什么的。

博卡拉老城附近，还有一个藏式聚居区。一般的设有转经轮，有佛寺，还有编织藏族地毡的工厂。最奇特的是有一个带阴阳图案的篮球场，连投篮的板也画了卡通图案。

在博卡拉一住十多天，去的餐厅难免重复。这晚便又去了BE HAPPY，吃它的鱼扒和意式局大云吞，味道也还过得去，炒面也有一点水准。这家餐厅的口味有点儿偏中国式，难怪我吃得惯。

但HUPA和MARCO就不同了，他们最爱的是意式烹调，于是又去LITTLE ITALIAN，仍是传统保留菜式。所不同的是，这次又叫了柠檬茶，这里的柠檬茶调得特别好，加了蜂蜜的，又甜又冻又醒神。MARCO叫了一个青草茶，茶里放了特别的当地产青草，我试了一杯，异香扑鼻，让人松弛。

因了FARSHID的缘故，我一天到晚便去吃韩国菜。又去了那个HONEY MOON RESTAURANT。这回叫了个鸡肉锅和韩式寿司，感觉都没有那个石锅牛肉好吃。我自己叫的不动，倒是把FARSHID叫的牛肉吃了个一干二净。但这次FASHID叫的茄子和泡菜也相当好吃。

偶遇一个台湾人，和他又去费娃湖泛舟一次，开初的时候晴空万里，划到一半，又是狂风大作，看来水怪真是钟爱我。所幸有惊无险。那个台湾人生也说要吃韩国菜，只好带他去FARSHID带过我去的一家位于三楼的韩国餐厅。那家餐厅的蔬菜煎蛋饼非常好吃，别的就一般了。

博卡拉街头有很多鲜榨果汁店，份量多，料也足，可是收费绝不低。叫了一杯（看起来倒像大茶盅）鲜榨椰汁，在博卡拉淡季的街头边啜边看报纸。

在博卡拉待了那么久，虽然很喜欢这个湖边的小城，还是要回加德满都了。FARSHID听见我说要回加德满都，说：你走，我走。于是便和他同回加德满都。

再回加德满都，第三只眼餐厅，巴德冈

回加德满都后，与住同一酒店的英国姑娘FREYA齐去帕坦。那里也有一个著名的杜巴广场。这个广场与加德满都的杜巴广场比较，更为齐楚精致，却也大同小异。

据同伴们说，加德满都的第三只眼餐厅很正点，便跑去那里。我们坐在临窗的位置看人。叫了他们的特色牛扒，果然很有特色。第三只眼是印度餐厅，这个特色牛扒配的主食便不是一般的米饭和面包，而是印度薄饼。薄薄的一片，脆生生，混了胡椒的香味，配了酸甜的蘸料同吃，相当美味。他们的牛扒噱头也不小，侍应捧着一个阴阳型铁板盘出来，在上面浇了酒，立马点燃，熊熊大火就在你面前烧起来，还来不及害怕呢，便端到你的面前了。味道还算过得去，在加德满都来说算是一流的了。饭后侍应忽然拿了一杯白葡萄酒来，说是那桌的男人送的，于是结识了SENZIO，瑞士籍瑞意混血儿，虽未到四十岁但已退休十五年，皆因十五年前他在军队工作，一次小小的受伤事件，瑞士政府便让他提前退休，养他一辈子。此人从此醉心东方文化，长年待在尼泊尔等地，学习佛法。

SENZIO带我去Bouddha——尼泊尔最大的佛塔。那双慧眼，据说也是尼泊尔最大的慧眼。爬上佛塔，绕了它四方行走。SENZIO牵了我去他十年前到过的藏式茶馆，坐着歇脚。然后又把

巴德冈的孩子们

我带到佛学院去看美丽的建筑和佛学学生，那个佛学院白墙金顶很美丽。

他问我想吃什么菜，我说日本菜，在尼泊尔日久，想念新鲜腥甜的吃食了。他居然找到了日本餐厅，可是鱼生是那么地不地道，寿司上的三文鱼像一张薄薄的纸，味道……居然还没变霉烂味，已经算是很幸运啦。不过清酒很好，青菜很好，也算补偿吧。

加德满都有一家意大利餐厅叫LA DOLCE VITAR ，不可不提。半圆形黄墙建筑，怀旧的桌椅，意粉做得不错，提拉米苏勉勉强强吧。但整个餐厅实在很有意大利风格。

在超市买东西埋单的时候碰到一个美国奇人，谈吐幽默，无端就邀我去喝上一杯。在他的带领下，找到一个露台酒吧，红墙，满是涂鸦，很多的热带植物，很酷的摇滚音乐，真是喜欢，终于在加德满都找到我喜欢泡的吧了。因为喜欢这个酒吧，及后又带了两个朋友来泡了两次，喝JOLLY SHANDY，喝果汁，吃他们送的爆米花。

加德满都周边，我还未去的便只剩下巴德冈了。只身前往，这个宁静的小城，是适合单独去感受的。与其说那是个小城，不如说是城乡优美的结合。那里的村民便住在这个城中有村、村中有城的地方，悠悠闲闲地过着他们的日子，轻轻松松地做点儿小生意，转眼，便出城去耕作了，还看到两个很优雅的尼泊尔女白领。

巴德冈，给我的尼泊尔之行划上了一个圆满的句号。这一趟尼

泊尔之旅，忽高忽低的海拔，忽山忽水的行程，让我仿如时空穿梭般飘忽。

特别提示

尼泊尔博卡拉的费娃湖因为面积辽阔，蒸发大，常掀起内陆湖少有的巨浪，那里出游的小木船都相当简陋，每年湖里游泳及泛舟出事的人都不少，进行此两项活动时要多加注意。博卡拉天气易变，五六月份常下冰雹，山上颇多旱蚂蟥，此物只怕香烟烫和口水。

喧嚣诡异，气象万千——柬埔寨游记

吴哥佛寺，魅影飞扬

有句老话叫：“看戏看全套，食野食味道”。有时，一年我们都看不了一出大戏，有时，却是好戏连台。这不，圣诞与元旦我刚去完越南，春节又去了柬埔寨。

金边洞里萨河边的餐厅里，烛光在喧嚣的人声下颤抖，然而金边委实是混乱而无趣的，第二天一早我们义无反顾地坐上了开往暹粒的大巴。

途中，有柬人来卖油炸蜘蛛，异物，异相，引起了我异常的食欲。于是叫同伴以手作拈花状，买了一只来吃，居然美味异常。

暹粒和金边果然大异其趣，一到暹粒，即感觉到悠闲与舒适，加上淡淡的春节气氛（在该处的中国人营造出来的），无端添了几分喜庆色彩。

旧市场往南不远的皇后私家旅馆，一式藤家私，我们就这样安顿下来。

第二天早上，我们雇了TUK TUK（当地改装过的后面有篷、有彩垫四面通风的三轮摩托）去吴哥。当那著名的塔尖在晨光曦微中耸立在我们面前的时候，我尽管已在图片中看过无数次，仍然禁不住感动。雕刻的精美自不待说了，吴哥通里巨大砖块垒就的吴哥

的微笑才真叫震憾。青色，东、南、西、北四面，每一面是一张巨大的人脸，表情微妙而安详，弯弯向上翘的嘴角、俯首敛眉的和善，涤荡着胸中浮躁的微尘。

逛到塔布笼寺，看到巨大的树干从庙中凭空生出，仿佛被施了魔咒，仿佛几千年前，某位被谪的仙人降生凡间，被困在寺内，而他不甘被缚，挣扎着要再次触摸他曾经的家园——蓝天。于是双方在不断角力与纠缠中，才生出了如斯诡异的美景吧？

我在那里流连，我喜欢充满张力的磁场，也许，可以沾几分韧性与张力回去，也不枉到吴哥走一场。

 洞里萨湖，流云变幻

我们从住处租了单车，向西骑，骑到有柬埔寨人生活的村落，看真正的柬埔寨。寨子里是真正的家徒四壁，触目所及，薄被、衣裳、帐子，其余一切皆无。

村民们大多卷发，着水布，在做一些汲水等劳作。水布在当地的应用广泛到令人难以置信的地步。一般是白色印着蓝或浅棕的格子花纹，柬人用它缠在头上顶重物，又或是围在腰上当筒裙，甚至挽在腰间当内裤。附近有一所小学校，孩子们举行降旗仪式，一般穿白衬衫、敬礼，看上去跟中国的小学校也没有什么不同。

我们爬上一座山，看山下一望无际的原野，看到山上有战争的残骸——一具雨布盖着的土制高射炮，原来，战争的尸骸无处不在，触目惊心。

据说暹粒附近的洞里萨湖里，有一个村落叫越南浮村，里面住的都是越南人，他们的村子建在湖上，房屋下面是竹子，可以划着四处走，要固定在哪里，只需要“抛锚”。我是一个不折不扣的猎奇主义者，自己雇了TUK TUK（泰柬等地盛行的拉客敞篷小车）就往那里跑，居然要收15美元的门票，被迫引颈就斩。越南浮村的

入口有强烈的死鱼腥臭味，越往里走倒越觉豁然开朗。一栋栋小房子浮在湖面，卫生所、商店、猪圈……全都浮在湖上，在湖中间，有一所好大的房子，里面有鱼类博物馆。抛一点东西，就看到许多叫不上名字的大条黑鱼争相抢食，很是狰狞。

我来这里，一心是想看洞里萨湖的日落，现下时间尚早，便搬了一张藤椅到开阔处，叫上一碟洞里萨湖的盐水虾，边吃边吹风，倒也惬意。

天色渐渐地有点暗了，人们纷纷搬椅子，我也拖了一把椅子跑上三楼。洞里萨湖一眼望不到边，太阳在一点一点地向地平线坠落，轻轻地，悄悄地，吻向湖面。洞里萨湖的湖水安静地等待着太阳的降临。湖面的波光与天上的流云交相辉映，时刻变幻色彩，倏忽间姹紫嫣红遍，那流云，瞻之在前，忽焉在后；那波光，闪烁荡漾，波走龙蛇；那太阳，仿佛顽皮的孩子，才别流云，却上波光，最终，跌入了湖水无尽的温柔乡中，于是，我也搬凳子下楼，回旅馆去了。

柬埔寨，在年末春初的钟声中畅响，那一幕一幕的连场好戏让我目不暇接却也心波荡漾。我从来没有后悔过走这一程，即使经历那么多的寒冷、湿热、无眠、拥挤、艰辛，如果你问我愿不愿意重踏这片迷幻的国土，我一定会毫不犹豫地回答：愿意。

特别提示

柬埔寨金边很乱，不宜多停留，如若一定要待，最好住在河边或是湖边，环境和治安相对好一些。现在金边开通了船P（游船河的派对，感兴趣的朋友可以参加）。暹粒环境好但旧市场河对面的住宅区治安较乱，如须入住记得成群结伙一起回旅馆且提早返回。

食色相许巴厘岛——印尼巴厘岛美食游记

巴厘岛是整个印尼最好玩的岛屿，如无意间散落的明珠，低调而不失美艳。满天神佛的巴厘岛，庙宇美得遗世独立；海滩美得玉体横阵；食物散发着纯粹天然的芬芳，火山悠闲地吞云吐雾，皇宫自在地上演歌舞。要有多少句子才可以把这个小岛的好处说完，直叫人食色相许。

库塔海滩，TANNA LOT的奇幻

巴厘岛开发得最早的是库塔海滩，我们就是住在那里。抵达的当晚，迎接我们的便是热带著名的每日必下的雨，给闷热的天气平添了几分清凉。

在酒店放下行李后，我们便出街“医肚”。信步所至，到了一家离海滩不远的兼有现场表演的餐吧。估计这家餐吧很喜欢做中国人的生意，他们在门口摆着一个大大的着清装的男模特，于是我们便决定留下来试试。

餐吧入口处排着许多海鲜，便嘱咐烹了来吃。本来想要他们按当地特色的方法烹调的，可是该吧经理回答说，要不烧熟，要不炸了，两害相较取其轻，还是烧了吧，虽然我知道此行一定要去金巴兰吃烤海鲜的。

很快，食物便上来了。“正主儿”出场前，他们便把四色调味料加薄脆拿了上来。四色调味料分别是：咖喱、沙爹、蒜茸、小葱头加辣椒。我最喜欢的调味是小葱头加辣椒，异香扑鼻又清新自然。

我们叫了烧鱼、烧大虾以及鱼肉和虾串烧。另外有蔬菜沙拉是他们送的。个人觉得送的蔬菜沙拉比烧这烧那的好吃多了，毕竟这些烧物的原材料是冰冻的！我实在对冰冻的鱼虾蟹不“感冒”，可是他们那里又没有“游泳”（即活物）的。

如果说我们在巴厘岛的第一餐没有惊喜的话，那么第二天的库塔海滩和TANNA LOT（寺庙名称）之旅便是清新可喜的。

库塔是巴厘岛最早开发的海滩，漫长地绵延。白天的巴厘岛海滩热闹非凡，即使我们去的时候是旅游淡季，滩上还是摊贩林立，其中很多是经营冲浪的，竖满了鲜艳的滑浪板。海滩虽热闹，然而并不喧嚣，多的是悠闲的人，街边常看到有人在漫步，还有当地的妇女看到路边雨后浅浅的一潭积水便停留下来洗脚，还不忘撒上几朵刚摘下来的鸡蛋花，惬意得很。

巴厘岛的本地人多是随意悠闲的，虽然工资很低，生活殊不容易。一般下午三点后，他们就停止工作，进行每天例牌的祭祀。巴厘岛五步一庙十步一寺，街头的神祇和小祭坛更是比比皆是。每天，他们托着用植物的叶子编成的小盘，上面放了美丽的各色鲜花、绿色的小草、一点米饭，再放上一枝点燃的线香，毕恭毕敬地放在街头神像的前面。

巴厘岛的居民绝大部分信奉印度教，与印尼别的信伊斯兰教的岛屿不同。沿库塔海滩往北开车一个多小时，便到了著名的TANNA LOT。TANNA LOT建在一座海蚀的小岛上，魔幻的玄黑色，特异的形状，蓦地长出一座无比秀气却又与奇异的小岛非常协调的小庙，让人恍如置身魔幻小说中。

海蚀的参差的洞穴当然不会白白地参差，据说那里居住着两条

长达两米黑白相间的海蛇，是这个小庙的守护神，令我不由得想起柳宗元的那两句：永州有异蛇，黑质而白章。那真是和我之前见过的风景都不一样的。据本地人说，那两条蛇是真的居住在这里，走近前去常可看到的。可惜我到的时候赶上涨潮，我没能走到洞里去观看。

往西走几百米，便是另外一个小庙。再走，有个伸到海里的岬角，占尽地利的。无穷景致，尽收眼底。东看，有一个温婉的小瀑布，和中国名山大川四处飞溅的瀑布颇为不同，是在嫩青色的草里漫漫地流，不慌不忙的样子，让我不禁感叹原来景致也是有性格的啊。世界上的万事万物原是如此的奇妙。

早就知道坐在TANNA LOT对面的餐厅看夕阳是件很风雅的事情，附庸风雅的俗人如我，当然是不会放过这一机会的。漫步到那里，挑了一个角度不错的餐厅，就着悠悠海风，啖着混了巴厘岛特

遥看Tanna Lot

有青柠汁的椰青，看TANNA LOT隐没在夕阳里。潮汐退和涨，夜雨的狂想，野花的微香，伴我在星夜里幻想。

回到库塔区后，我决定，这个晚上一定要品尝当地特色的美食。沿途细觅，很快就发现一家餐吧写着“BALI CAFE”的字样，门口明确地标出是吃印尼地道食物的，于是拾级而上，去到二楼。

宽敞明亮的餐吧，一面墙都是玻璃，我们沿“墙”而坐，点赏美食。食物放在藤编的竹盘里，再铺上蕉叶，很精致。我点的那份叫“NASI BE PASIH”，里面有鱼丸汤，略带咖喱味，味道一般；有炸虾片，沙嗲串烧，味道尚可；蕉叶包裹烧出来的鱼肉、很辣的通菜+花生、米饭。典型的印尼餐仿佛喜欢杂七杂八堆在一个盘子里上桌，同伴叫的那以猪肉为主题的也是这样，和我叫的内容大同小异，只是把蕉叶烧鱼换成了烧排骨，这家餐厅的食物水准算是不过不失吧，只是，不知为何，我总觉得像欠缺了一些什么，现在想来，猛然发觉，那就是还不够土与原汁原味。

圣泉寺，BEBEK BENZIL稻田景致

第二天，我们包了的士去圣泉寺。圣泉寺外有女人在卖形状特异的水果，买了一些边吃边走进去。圣泉寺的周边，一派青绿，绿得不可理喻，铺天盖地。我忽然自嘲地想，我们漫游在此，便如小鬼进圣殿，鬼与仙原只相差一线，那么，是否可以称为绿野仙踪呢？

还未真正进入圣泉寺，便看到一尊似笑非笑的神像，长着翘起的两撇八字胡，戴着脚铃，腰间围着黑白相间的格子花布。据说，黑白两色，表示这个神介乎正邪之间。在巴厘岛，不光正神得到供奉，甚至一些邪恶的大神，有时也会得到供奉。在圣泉寺的门口，有一个颇为阔大的台，错落铺着鲜花，台的正后方有一个供奉的

圣泉寺里介乎正邪之间的大神

台，还有一金一银两把纤长美丽的伞，再往后，便是一棵同样围着黑白两色格子布的大树，最前方是两尊长满青苔的神像。

圣泉寺内，最特别的地方是不断翻涌的泉眼上，黑色的细沙，随着泉水的上涌，翻出无数的花样，据闻能治百病，不同的出水口治不同的病，信奉者众，我看到有人在那里沐浴。

到的那天，刚好赶上他们一个盛大的祭祀仪式，周边的信众穿着各种传统服饰，妇女们衣紫色蕾丝，头顶五彩祭品，男人们扮成古代士兵的形象，拿着长枪到处巡行，连孩子们也不放过这个热闹，在游行的队伍中蓦然回首，给我们留下了特别的一瞬。

圣泉寺附近没什么特别好吃的东西，我们驱车到乌布用餐。乌布是巴厘岛著名的艺术基地，各种风格的餐厅很多。我们去了以吃脏鸭著名的BEBEK BENZIL餐厅，在印尼语里“BEBEK”的意思是鸭子，“BENZIL”意思是肮脏的。这家餐厅是一家连锁店，在当地颇为著名，尤其以环境优美著称。

刚进门还不觉有什么特别，再走进里面一点，不由得惊叹，这哪里是餐厅啊，分明是一个青青田园梦。一级级错落有致的稻田，中间是石子铺就的人行路，两旁种着异香扑鼻的鸡蛋花树，一直延续到天尽头去。我还是第一次看到餐厅里有这么开阔的户外景观。

即使是角落，也布置得很美。一个古朴凝重的大陶缸，里面铺缀

着数片睡莲；一个清可见底的喷水池，旁边置着石像；一个形如药杵的水盆，里面漂着鲜花，角落、细节，无一不落到实处。

这里最出名的是脆皮鸭，用多种药材腌制，再先蒸后炸。脆皮上桌，听上去相当诱人，然而吃起来只是不过不失，当然也不是大失水准了，收费尚算合理，冲着无敌美景，还是值得前去的。

同伴叫的是另外一种套餐，有烤虾、沙嗲、一小块真正的脏鸭（据说如果要叫整只的脏鸭要预订，腌、蒸上好长时间）、猪肉、蔬菜等。其脏鸭在我们有几千年饮食文化泱泱大国的国民看来，委实是相当一般，有点儿像我们炖得烂烂的八宝鸭子，可是美景当前，也就顾不上挑剔了。饭后上的七彩水果冰淇淋卖相和味道倒还不错。

猴子森林，乌布皇宫，爪哇露露，雷贡舞

乌布，除了艺术品店铺林立外，最出名的要数猴子森林。森林不大，可是郁郁葱葱，就连路上都长满了幽幽的苔藓。

猴儿们都调皮得不得了，三个一群五个一伙的，见了人来可是一点都不怕生。我抛了几个山竹给他们，但见猴儿一把抢了过去，三下五下就剥了皮，根本不用培训上岗，光凭直觉就把果肉找了出来往嘴里送，遥见一只背上鲜血直流的，恐怕是争母猴打架打的。

还有一只更绝，翘起尾巴，舒舒服服地享受另外一只较小的猴子给它抓痒、舔屁股。

天不怕地不怕的猴儿，一旦生了小猴子，立刻变得多疑、敏感起来，母爱的天性发作，平素虽然见惯生人的，这一刻，也紧紧地把小猴子给搂在怀里，眼神温馨。

猴子森林外面的一条路，满是美丽而有特色的店铺，乌布，委实是充满艺术气息的。有卖风铃的，卖画的，卖头钗的，卖鼓的，即使是卖冷饮，也要把招牌弄成小鱼的形状，再写上艺术的字体，或

猴子森林里的猴子

是在门口弄一个巴厘岛传统的水车，更有艺术家把巴厘岛美食脏鸭弄成根雕，可爱地叉着八字脚立在门前，仿佛会“呱呱”叫。

乌布委实是一个值得留连的地方，所以，我们也就去了不止一天。第二天去乌布，我们又淘到一个美食之地。乌布市场斜对面，有一家做“巴比古铃”（BABI BULING，即烧猪）的，据当地人说做得相当出色，我们也想找地道的巴厘岛吃食，于是驱车前往。

一进去，便看见通红的半只烧猪躺在开放式厨房里，煞是诱人。在巴厘岛式亭子里席地而坐，很快，烧猪份饭便送了上来，卖相可爱，竹编的篮子里，垫着不过水的发亮厚纸，上面是米饭、蔬菜、血肠、撕成一条条的烧猪肉，当然，少不了最最诱人的烧猪皮。蔬菜微辣，切成细细的粒粒，散发着一股很香的淡淡咖喱味道，血肠很有特色，味道也不错，烧猪肉撕成一条条的，也拌上了作料，没有一般广式乳猪肉那么平淡，那块压轴好戏烧猪皮还过得去。

走进乌布市场，但见摊档林立，有卖皮影玩偶、面具、沙笼、乐器、木雕的……光影下，只觉眼也花了，耳也乱了，只想把整个市场搬回家。

市场是搬不回家的，乌布皇宫是可以当成自己家的。乌布皇宫是我所见过的最随和的皇宫。外头的大院，是晚上看雷贡舞的

地方。我们先是去订票，得到的答复是开演前一小时直接来买即可。于是坐在那排乐器前休憩。

乌布皇宫

有巴厘岛本地人挑了当地特色小食来卖，这个最合我的心意，当然要试一下。小食共有三种，一红一绿的是两式糯米粉做的甜食，糯米粉混了植物的汁液做皮，里面是揉碎了的香蕉。听起来平淡无奇的搭配，吃起来却又香又甜，巴厘岛的小食，还是很精致的。甜点没有令我失望，咸的不知滋味如何。巴厘岛人在小食方面颇有创意，那包咸的小食，居然是炸过的鸭肠，略带咖喱味，脆脆的。

吃完零食，去乌布皇宫里游玩，说句老实话，乌布皇宫名为皇宫，依我看来，更像一所装饰精致的庙宇，又或是什么大户人家的后院。只从它的陈设与家私上，约略看出往日的气派。乌布以前的皇族，想必是颇有幽默感的吧，照壁前的神像，如慈爱又爱笑的母亲，头顶上还放上一盘祭品。

逛皇宫逛累了，决定去试一下巴厘岛著名的SPA。看资料的时候，发现有一种SPA叫“LUR LUR”，又叫爪哇露露，是以前皇室成员出嫁前做的一种美容按摩项目，虽然觉得露露两字在香港是“老衬”（冤大头）的代名词，未免好笑，还是决定去试做一下。

那个SPA馆环境很好，也是有开阔的稻田景观，一间间小木屋连着，小桥流水的样子。可是进去后你便发觉，细节看不得。那个浴缸，居然有着一点黑黑的东西。

虫虫水

按摩床倒还干净，便躺了上去。服务员先给我用油按摩全身，然后拿出一些白色的粉末，按匀，一点点推掉，其实不过是给全身去死皮，然后在我眼睛上盖上一块湿纱布，便去弄浴缸了。只听到她哗哗的放水声。再摆弄了一下就叫我起来了。但见满缸的鲜红色花朵，倒也可爱，于是，也忘了要追究有没有洗浴缸的问题了，就这样躺进去。

正舒服地享受鲜花浴，忽然，便见花上有物蠕蠕而动，赫然是一条毛毛虫！噢不，是两条！吓得哇一声大叫，跳出浴缸。埋单的时候，一个钟泡这样的“虫虫水”收了我350元（已换算成人民币）。

下午刚被虫虫水惊吓完，晚上便被餐厅“ARY’S WARUNG”给好好抚慰了一下。ARY’S WARUNG在乌布皇宫斜对面约五十米处，也是一家名声在外的餐厅。登上二楼靠窗雅座，点了几味。计有：炸龙虾馅云吞、烧三文鱼配巴厘岛米糕、脏鸭餐配腌梨。一个人或是一家餐厅太有名了，总有它的理由。ARY’S WARUNG的龙虾馅云吞，皮薄肉脆，精致小巧，做得还可以。烧三文鱼烧得刚刚好，感觉略用了蜜糖腌过。三文鱼的熟菜其实不易做，很容易流于木与柴，我平时除了吃三文鱼鱼生外，一般只叫烟三文鱼或是盐烧头尾，很少叫用别的方法烹调过的三文鱼肉，但这个菜是烧得真有水准，三文鱼刚熟，不老也不过嫩，味道刚好，不太重也不太淡。那个配三文鱼的类似于中国无馅汤圆，加了少许植物的米糕，蘸上汁液，也是特别美味。

巴厘岛的脏鸭餐英译名叫BEBEK BETUTU，是把药草、香料和辣椒涂遍鸭肉内外，用香蕉叶包起来去蒸，当鸭肉软了后，再放到炭火上烤。如此几番折腾，颇费工夫，所以巴厘岛本地人一般有特别的庆典才做这道菜，而很多餐厅叫这道菜须预订，但是ARY'S WARUNG因为客流量大，点这个菜的人多，并不需要预订。

不得不说不同餐厅的出品水准是迥异的，即使是名称相同的同一道菜。这里的脏鸭餐，久经腌制的鸭肉，蒸而又烤，便如久经磨练的武林高手，其功夫已达到炉火纯青的地步，花了工夫和心思的菜肴，食客们是能体会到的。配上用咖喱炒过的青菜，混世魔王一般搅和了躺在碟子里，它的上窜下跳在你吃到嘴里滑到食道里才领略得到，那是一种不甘寂寞的混世。

混世，当然不只口腹之欲这么简单，混在乌布，其中一个重头戏便是乌布皇宫的雷贡舞。巴厘岛的舞蹈舒缓而又热烈，铿锵有致的样子，演员们一个个把飞金流彩的衣服穿上，戴上玎玲铛锒的头饰，随着悠扬而清冽的音乐满场游走。

本以为巴厘岛的本地人个个皮肤黝黑，是以黑为美的，可是偏偏他们喜欢把脸涂得刷白，慢条斯理的，王妃、贵妇出来了，竖起纤纤十指，向左比一比，再向右比一比，金色抹胸一闪一闪，神情哀怨，眉头紧锁，眼珠骨碌碌地转。再与绿衣男子一阵对视，扰攘一会，退回幕后。

神通广大而又邪恶难驯的白猴王出来了，身强体壮，扎着马步跳来跳去，头不停地左右两边迅疾地看，和祭司、红脸恶神一场混战，最后也败下阵去。

结局无一例外是大团圆，正义战胜了邪恶，合家安康……巴厘岛的舞蹈是华丽而神秘的，有点儿像中国的戏剧，只是他们光跳不唱。优雅与粗犷并重，却绝不是“舞低杨柳楼心月”的舒展迂回，那里地处民风淳朴的热带，那些舞台上的恩恩怨怨都是明朗而干脆的，来来去去拖拉辗转的结果，不过是左顾右盼。不论男女老少，

什么角色，黑白分明的大圆眼睛在画得粗粗的眼眶里转来转去罢了，并没有什么微妙的暗送秋波。可是他们的舞蹈是那么热情而有趣，轻柔婉转有之，雷霆万钧有之，以至于我生了恨不得留在当地习学舞蹈之念。愿把此生托雷贡，不负金扇与霓裳。

巴厘人家，巴图火山，乌鲁瓦图，金巴兰

去任何一个地方，我都喜欢到当地人居住的地方看看，于是安排好，这天由酒店经理FAJAR带我们去他和他亲戚家里玩。巴厘岛当地人的村落还是挺整齐雅致的，有的屋宇间流淌着小溪。特别的是，几乎家家都有家庙，有一间房子那么大，四面透风的祭台，出生、结婚、死亡，都在那里祭祀。

巴厘岛地处热带，物种丰富，遍地都是零食，孩子们惯常喜欢到树下捡拾果子。有一种果子外形既像松子又像花生，却是有柔韧的壳包裹，剥开后果肉也是烟烟韧韧的，很有特色。另外有一种家家户户都做的小食，同时也是祭品，有点儿像我们的粽子，撕开植物的长条形叶子，编织成浅绿色小笼，再把糯米灌进去，煮熟，就可以用来祭祀和食用了。

巴厘岛乡间，一切都是DIY（自己动手做的），那些看上去非常美丽的砖雕，居然是就地取材非常简易地制造出来的。村头一角，还建有露天浴室，有山上的泉水哗哗地流下来，供孩子们沐浴，就是这样一个简单的地方，也建得颇为精巧，巴厘岛人的艺术天份真是名不虚传。

FAJAR的哥哥开椰子工场，他带了我们去看。一片空地上，椰子堆积如山，工人们在倒插的长矛上三下五除二，就把一个椰子剥干净，头顶了一筐筐剥好的椰子到卡车上去。

FAJAR的姐姐家位于巴厘岛西北面，是游人较少涉足的地方，是一个更原生态的小镇。在那里，我吃到了平生吃过的最地道、

最美味的沙嗲。沙嗲是街边档现烤的，看上去貌不惊人，可是一吃之下，味蕾狂跳。沙嗲酱是浓得仿如胶着，里面有花生的香味，有小小的虾皮，更多的是浓甜的微辣，那浓甜里，当然是混杂了多种酱料而成的，材料多，有时其实更难做得好吃，反而清清的几味比较容易吊出食物的鲜味，可是这个本土得不得了的沙嗲酱，偏偏有本事做得多而不杂，是我吃过的最好吃的“混酱”。肉串也烤得刚刚好，吃完肉串，便用那祭祀用的粽子，带着一点植物的清香，点了沙嗲酱来吃，美味极了，比我以前去那么多地方吃到的沙嗲都好吃，还便宜得令人难以置信。

巴厘岛西北部某寺庙

FAJAR姐姐家附近有一座庙重建，正要举行建成祭祀仪式，妇女们都集中在庙里做祭品，这种场合用的祭品与别处的又自不同，很多的小尖塔样的米饭，各种形状的米糕，一小盘一小盘地组合在一起，很是壮观。

巴厘岛的祭品

巴厘岛西北部路上景观

FAJAR姐姐家的装饰颇为精美，他们还拿出煮熟的香蕉给我们吃，煮熟的香蕉居然还是硬硬的，味道还不错。在FAJAR姐姐家玩了一会，便去同一区域的FAJAR另外一个亲戚家。

那个亲戚家是更原始的，附近有热带雨林、有可可树、香蕉树，还有一条缓缓流淌的小河，他家还种了红毛丹树，我们乘便剪了不少红毛丹下来。坐在巴厘岛人家都有的四面通风的凉亭下，喝着巴厘岛特有的带着乡土气息的咖啡，只觉这样的生活真是不错。

从FAJAR亲戚家回来的路上，我忽然看到一片非常美丽的景色，于是急呼停车。那个地方的路牌写着OBYEK WISATA，滩涂、艳阳、青葱小巧的岛屿，椰林树影的宁谧，让人心旷神怡。

FAJAR的亲戚真是多，回库塔的路上，在快到TANNA LOT的地方，又是一家他亲戚开的店，我们在那里买了一直想买的蛇果来吃，FAJAR称“蛇果”为“SNAKE FRUIT”。蛇果的表皮果然像蛇皮，剥开是形似蒜瓣的肉，吃起来带着点儿凤梨香，脆脆的，很爽口。

晚餐便在库塔的SENDOK餐吧吃的，SENDOK餐吧离我们住的酒店很近，多是日本人和韩国人去那，菜式也做得较为亚洲化。一个普普通通的炒面也炒得香气扑鼻，铁板通心菜更让我找到了家的感觉。

吃完这个后还不过瘾，晚上又去了库塔夜市吃宵夜。库塔夜市灯火通明，是我喜欢的调调儿。我们叫了当地的“BINTANG”啤酒、炸蟹饼、巴厘岛式炸鱼、烧虾、汤面之类，食物是很普通的，

唯夜市的感觉很浓，可以吆五喝六的那种，也算好玩。

巴厘岛地处地震多发带，其北部的巴图火山是个活火山。山上气候清凉，与山脚迥异，须穿上外套。巴图火山脚下还有个巴图火山湖，一山一湖相互映衬。据说在湖上泛舟，还可到一个原始的村落，那里有笼葬的风俗，死人就地而葬，并不入土。可是我是个多少有点迷信的人，相信自己阴气重，此种地方不宜停留。

从乌鲁瓦图神庙看出去另一侧的一个悬崖

火山并没能令我惊叹，虽然我是第一次看到。那个乌鲁瓦图庙（PURU ULUWATU）才真的令我惊艳莫名。蓝得耀眼的海水上，伸出壁立千仞的悬崖，崖顶，是遗世独立的乌鲁瓦图庙。望着庙下离脚万丈的海水，恍如隔世。

乌鲁瓦图神庙的猴子也是以顽皮著称的，据说曾有游客连护照都被抢走。其中一只白猴王灵敏异常，见有人来，立刻扯着游客的沙笼讨要东西吃，顽皮得很。

乌鲁瓦图神庙和金巴兰（JIMBARAN）同样属于巴厘岛的南面，金巴兰是著名的可以在沙滩上边进餐边看夕阳的海滩，但见一长列餐厅，门前的沙滩上，都摆满了桌椅，人们坐在那里边看夕阳边进食。不远处便有许多的小船，搁在那里，还有人在沙滩上放风筝。我们到的那天，天空忽然下起小雨，正要抱怨，一回头，忽见餐厅的顶上，一弯纤柔的彩虹，如梦如幻地悬在那里，心情刹时大好，仿佛捡到宝，真是风雨过后必有彩虹啊。

金巴兰沙滩上的餐厅

金巴兰的海鲜是论斤的，骗称现象颇为严重，我手拿三本旅游导书，左翻右翻，终于找到一家据说不骗称的，去那里一吃，果不其然。点了龙虾、鱼、大虾、蟹、花枝、局薯、通菜，全都是“游水”的，这家餐厅叫LIA’S，老板娘胖胖的很可爱，食物也烤得好吃，虽然放了番茄酱什么的，薄薄的一层，看上去红通通的，但并没有抢了食物的鲜味。这里的龙虾委实是好吃极了，也许是因为无污染的缘故，比我在国内任何一家大酒楼吃到的都要好吃，我一看到同一水域的乌鲁瓦图那蓝莹莹的海，便对这里的海鲜极有信心。

去过金巴兰后，要回国了，最后的晚餐当然要选择在巴厘岛未试过的。巴厘岛各个国家的游人实在太多了，各国的餐厅林立。我们挑了当地著名的一家日本餐厅福太朗，它在一家酒店的地下，装饰清雅。三文鱼生普通，龙虾汤还行，鱼生饭不错，“长”得最不好看的牛肉饭却最好吃。

巴厘岛的整个旅程浪漫又轻松。这个形如跳蛙的小岛，跳啊跳地无意中跳进了我的脑海，之后，便再也不愿意跳出来。

特别提示

去巴厘岛如果不潜水住在库塔比较好，离机场近，且出行方便。整个岛最好包车出行，TANNA LOT、乌布、乌鲁瓦图和金巴兰是必去景点。女士生理期内不允许进任何寺庙，否则视为不敬，建议避开，寺庙是巴厘岛必看景点，否则白去。

问何不，鼓瑟吹竽——泰国游记

泰国是魅惑而眩目的，她的妖异，粘在骨子里，不知不觉就夺走了你的魂。粘糊糊湿搭搭的天气里，游走在泰国街头，从早到晚，嘴巴不停。

吊脚楼，大皇宫，玉佛寺

我爱生芒果，我爱烤椰青；我要吃榴梿，还要吃燕窝。带着满嘴的“嚼头”，就这样荡到了河边，河名湄公。坐了游艇，顺湄公河兜风，两岸是吊脚楼，那样开阔的河面，如此连片的密集，仿佛已感觉不到它的四脚伶仃。

吊脚楼有多寒酸，大皇宫就有多辉煌。金的顶，翘的角，白的墙，花的窗。玲珑到了极致便是虚幻，难怪泰国如此的醉生梦死。玉佛寺把洁净进行到底，那一尊碧玉的佛像，默默不语，便胜却人间无数，连国王都亲自为她“黄袍加身”。

芭堤雅，手信店，空中飞伞

去泰国，当然是要到芭堤雅见识一下的。

灯红酒绿的小城，酷炫的摩托车呼啸来去，满街的食肆灯火通

明，不远处，便是大海、小岛，绿波风烟，东山歌酒。

我喜欢在一家异香扑鼻的“手信店”留连，买那薄如纸炸过的猪肉干，脆生生地香甜；氏炎牌内容奇多的燕窝、升华了的榴梿干尸……不亦乐乎。

在芭堤雅海，去玩那个空中飞伞，腰间束了安全带，任小艇拉了，从大船甲板上冉冉升起，以为自己便是明月了，正得意间，忽然肩上飘了几星雨点，呵，忽有微凉何处雨。小艇忽然停了下来，整个人坠到了水里，猝不及防之下大呛，复又升起，又坠下，如此三次，恨得咬牙切齿。原来却是泰国小妹与我友善，特意给我弄的三次“点水”。

沮丧之下哭笑不得。还好这时太阳出来了，把湿漉漉的我烤干，再无阴影霎时云。泰国便如这晴雨相交的天气，极端又热烈，是歌舞正浓还有语的糜丽，青山活计费思寻的沧桑，绿涨连云翠拂空的轻灵。便是如今回来了，仍然是禁不住地怀念，问何不，鼓瑟吹竽？

特别提示

曼谷背包客聚焦地很多旅馆楼下或对面通宵开派对，非常吵闹，预订时建议问清楚。如果不是旺季最好到那里的时候再找，实地考察后再作决定。玩海上飞伞项目时如果不想呛水，切记当他们在你手上写几次的时候说不要。点水就是拉起又掉下，跌进水里。不是字面上以为的好玩项目。

越南的日日夜夜

越南是一个浪漫而自助游高度发达的国度，看电影《情人》和《青木瓜之味》时就已惊诧于它的柔媚与小资。此番南行，不知又会有一种怎样的奇遇呢？

还剑湖畔柳青青

越南处处弥漫着幸福，像无数浮出水面的莲花灿然开放又悄悄合上，又像还剑湖的涟漪，虽已荡去，然而谁说雁过无痕呢？那痕迹，印在旅行者的心里。

河内，还剑湖（HUAN KIEM LAKE）北的旧城区背包客聚集处，黄昏街上一片喧腾，沿还剑湖徒步一周，虽然越南的经济谈不上发达，然而还剑湖的夜色，还是能让你感受到繁荣与安定。

一个城市的夜晚与白天就像卸妆前与卸妆后的女人，也许判若两人，也许各自妩媚。很幸运地，河内是后者，没有让我这个独自远行的游人失望。

还剑湖的北岸及东岸大教堂附近遍布着特色小店，有卖竹编匾壁挂的，反扣的竹匾上画上脸谱，不像中国戏曲脸谱那么严肃，而是更具生活气息的，喜庆、详和、滑稽，很受游客欢迎；还有手绣的包包，特别的耳环，我就淘到了一副小贝粒穿成的白耳

越式滴漏咖啡

环，垂吊着，一粒粒，很可爱的样子。

市内真正好玩的地方基本不收门票，比如还剑湖免费，绕湖徒步极美；圣约瑟大教堂在外面看就可以了，无需进去。咖啡厅、酒吧里的一杯饮料消费约合人民币10～20元，强烈推荐住在HANG BAC路的竹屋，约10美元一晚，全竹装修，洁净而精致。越南的河粉极具特色，值得一试，一间叫PHO 24的装修得干净精致，粉也美味，越南人称河粉为PHO、牛肉为bo、鸡肉为ga、米饭为com。

有一家吧不错，有本地的现场乐队，名为I-BOX酒吧。

水上木偶戏（WATER PUPPY）是河内一大特色（升龙水上木偶戏院地址：57 DINH TIEN HOANG STR.，HANOI，VIETNAM）。

翌日，我又搭上HANN CAFE[①]的OPEN BOS[②]（开放巴士）直奔顺化（HUE）与会安（HOI AN）而去。

养在深闺人未识

顺化乏善足陈，不过是翻版得很蹩脚的紫禁城。

① HANN CAFE越南境内一站式运输、酒店、咖啡店服务。

② OPEN BOS可预订的长途车，可以分段单独购买。

顺化皇城

会安，像个养在深闺人未识的少女，娴静、安详，有着小家碧玉的灵秀。

沿河一列的酒吧与餐厅，旧式的房子，踢踢踏踏走在街上，全是悠闲的游客，没有机动车的烦扰，不由得想起陶潜的：“结庐在人境，而无车马喧”。

小巷的尽头有一座粉色的日本桥，看上去颇为沧桑，已没了二战的痕迹，倒像一位脂残粉落、徐娘半老的妓女。

沿着河边溜达，就会有船娘来向你兜生意，在河面上兜兜风，倒也蛮惬意的，那河边的修竹，像夕阳下的新娘，热情地在向你招手，不远处，站着数棵棕榈，荡舟河中，才知道什么叫闲情逸致。

会安的下一城是芽庄，一个海边城市，有漂亮的海滩，好玩的四岛游，廉价的烧烤龙虾，另类的风情。

再接下来就是全程的高潮西贡了，西贡有越南的上海之称，那是一个令你无法忘怀的城市。

在会安，女孩们不可错过量身订做越南国服。会安是全越南做国服最便宜的小城，几个小时可取，还生产颇有特色的灯笼，日本桥门票全免。可在沿河的餐厅、酒吧中点白卷（WHITE ROLL），白卷像广东酒楼早茶中的粉果，价格不贵，味道鲜美，为会安所特有。在芽庄可参加当地的四岛游，约7美元，包一顿中餐，提供各种热带水果，船中工作人员还会弄各种有特色的派队，像水上浮动吧等逗你开心，在芽庄街边的烧烤摊档龙虾50元

左右一只。

幕启幕闭总关情

西贡的夜是妖艳而璀灿的，空气中浮荡着诡异、柔和的乐韵，红的灯，绿的酒，热带湿热的大气压下到处是流动的人群，好一个东方不夜城——它的不夜，不在长街的灯饰，不在摩天楼的辉煌，而在那驿动的空气中。

刚抵达西贡（即胡志明市），就感受到它与越南其他城市的不同，灯火通明，酒吧都有自己的精彩。

第二天参加湄公河三角洲一日游，费用约7美元。坐上船直奔湄公河三角洲腹地，到了河汊纵横的处所，换乘小船，混浊的河水上是高大的热带植物，狭窄的河道，两边密不见人，小舟在其中灵活地穿梭，的确是一个易守难攻之地，无怪乎是兵家必倚的重地。

越南街头水果

很快就到了阳历除夕，西贡的除夕，有着太多的故事，所有的恩怨情仇，均可在短短数小时内上演。戏如人生，人生如戏。而舞台就在满布酒吧与游客的方圆数里的几条街里。

西贡像是一个饱经沧桑的戏子，穿着灿烂华美又千疮百孔的戏服，在胡琴的咿呀与拉丁的舞曲中交错起舞，那一种手势，那一个眼风，在盘旋回眸中令人目不暇接，然而帷幕终归要落下，幕落处，让我拂一拂旅途中的尘土，与你一起等待下一出好戏的上演。

特别提示

在西贡值得一去名为“QUAN AN NGON”的餐厅，环境优美，菜式地道，越南风味，一定要点蜗牛。

购物好去处有两家：

一是KITO。它结合家居精品和传统设计，专卖家居精品和便服手袋，价格适中。

二是国货公司。里有诸多手绣小布袋、纸巾套、枕头袋、头花、床单，买来做礼物最合适。